『十三五』国家重点图书出版规划项目
『中国近代日记文献叙录、整理与研究』
（项目编号：18ZDA259）阶段性研究成果

中国近现代稀见史料丛刊【第七辑】

张剑 徐雁平 彭国忠 主编

袁崇霖日记

袁崇霖 著

刘奥林 李强 整理

本辑执行主编 张剑

凤凰出版社

图书在版编目（CIP）数据

袁崇霖日记 / 袁崇霖著 ; 刘奥林，李强整理. --
南京 : 凤凰出版社，2020.9
（中国近现代稀见史料丛刊. 第七辑）
ISBN 978-7-5506-3234-9

Ⅰ. ①袁… Ⅱ. ①袁… ②刘… ③李… Ⅲ. ①日记—作品集—中国—近代 Ⅳ. ①I265

中国版本图书馆CIP数据核字(2020)第150872号

书名	袁崇霖日记
著者	袁崇霖 著　刘奥林　李　强 整理
责任编辑	许　勇
装帧设计	姜　嵩
出版发行	凤凰出版社(原江苏古籍出版社) 发行部电话025-83223462
出版社地址	江苏省南京市中央路165号,邮编:210009
出版社网址	http://www.fhcbs.com
照排	南京凯建文化发展有限公司
印刷	苏州市越洋印刷有限公司 江苏省苏州市吴中区南官渡路20号,邮编:215104
开本	880毫米×1230毫米　1/32
印张	5.875
字数	153千字
版次	2020年9月第1版
印次	2020年9月第1次印刷
标准书号	ISBN 978-7-5506-3234-9
定价	58.00元

(本书凡印装错误可向承印厂调换,电话:0512-68180788)

袁行霈先生题辞

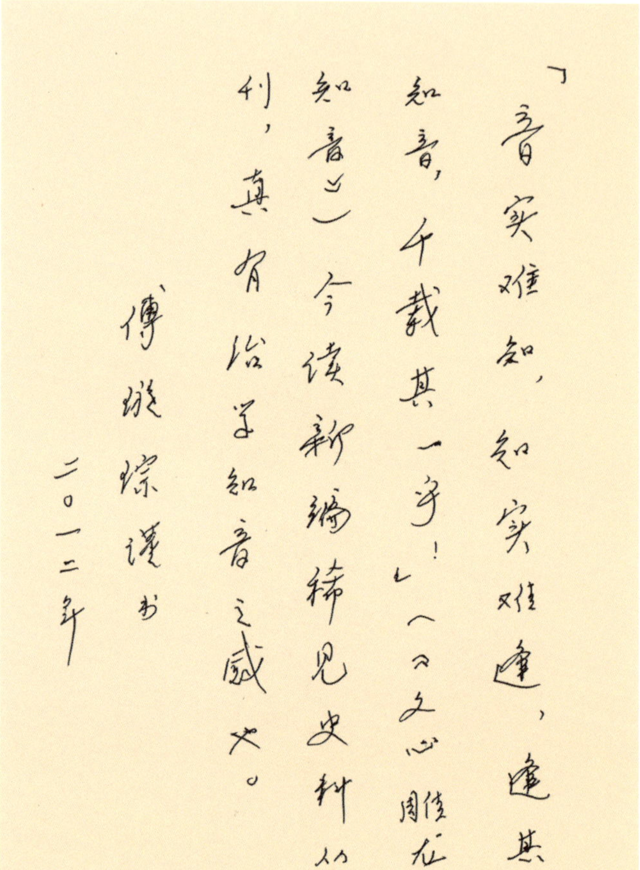

「音实难知，知实难逢，逢其知音，千载其一乎！」（文心雕龙·知音）今读新编稀见史料丛刊，真有治学知音之感矣。

傅璇琮谨书

二〇一二年

傅璇琮先生题辞

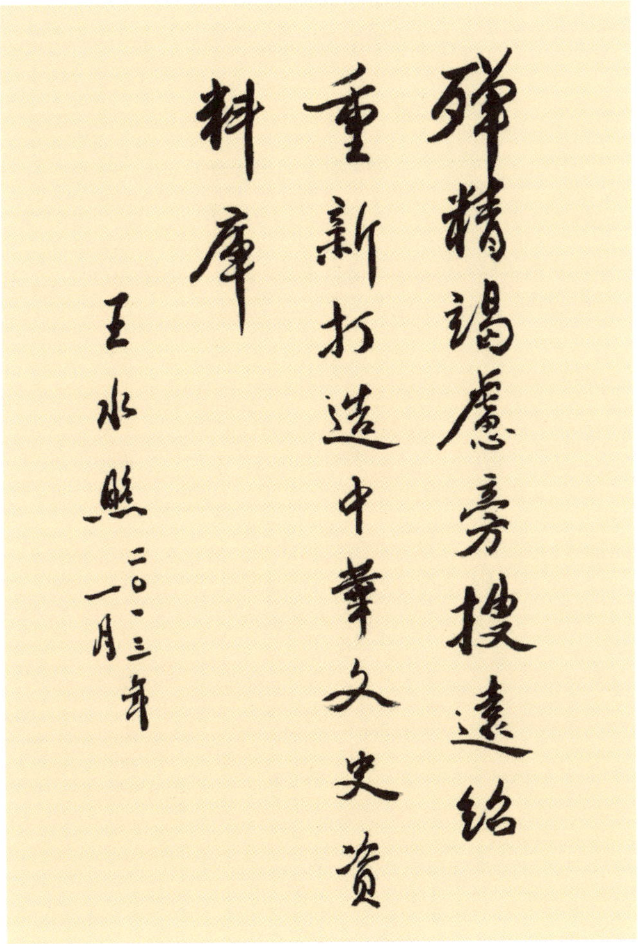

王水照先生题辞

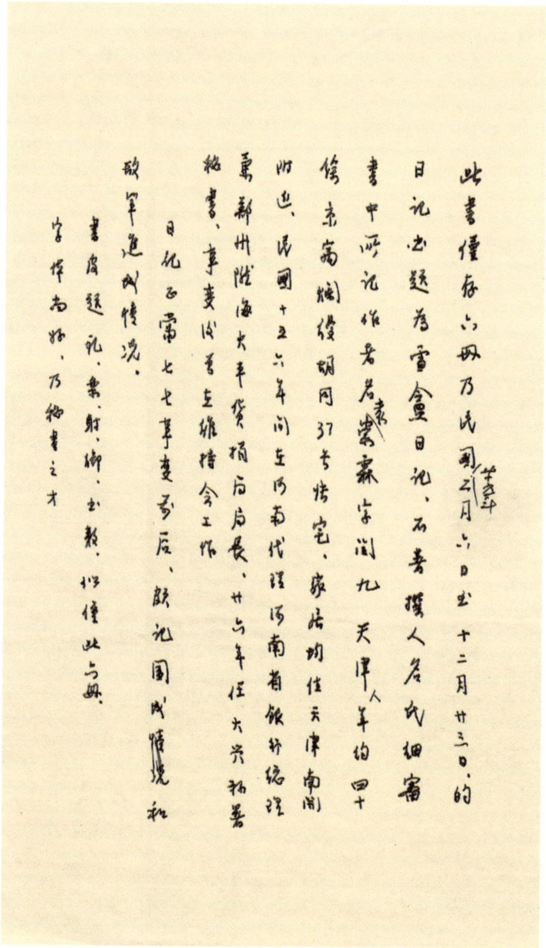

此書僅存六冊，乃民國廿六年二月六日至十二月廿三日的日記，出題為雪盦日記，不著撰人名氏。細審書中所記，作者名袁霖，字潤九，天津人，年約四十餘，京寓爛縵胡同37號傅宅，家居均住天津南開附近。民國十五六年間在河南代理河南省銀行總裁，鄭州隴海大本營捐局局長，廿六年任大興縣秘書，事變後曾在維持會工作。

日記正當七七事變前後，故記國內情況和敵軍進城情況。

書皮題禮、樂、射、御、書、數，似僅此六冊。

字体尚好，乃秘書之才

吴丰培题记

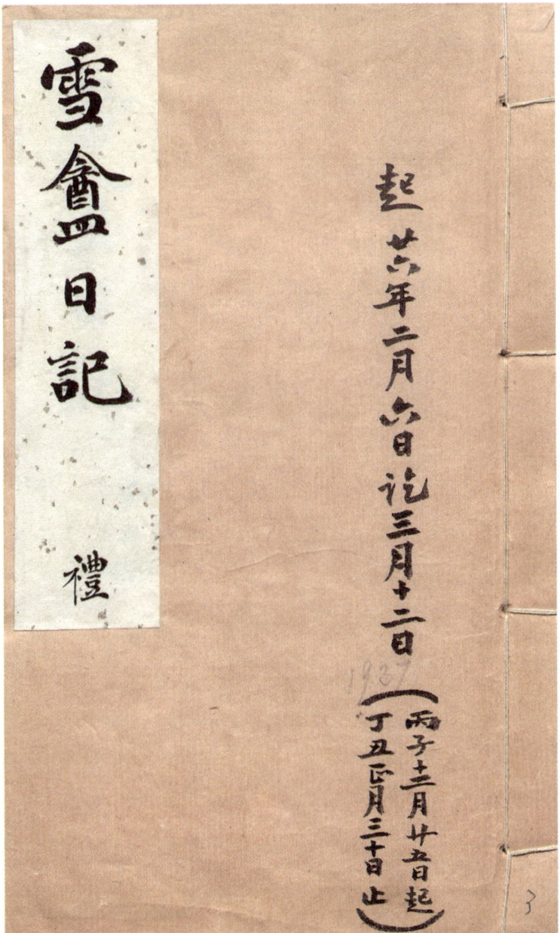

书影一

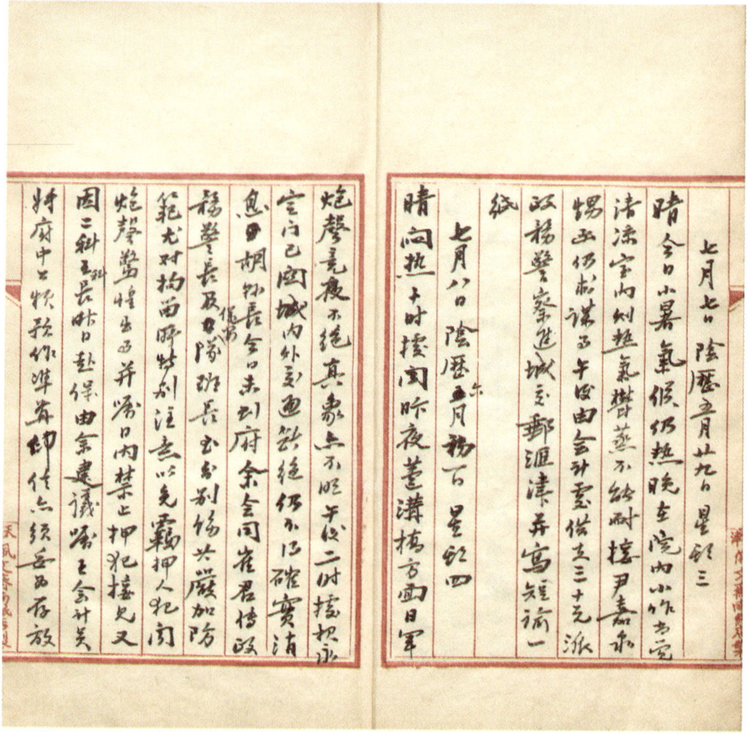
七月七日 陰歷五月廿九日 星期三
晴 今日小暑 氣候仍熱 晚在院內小作散步 覺
清涼 室內則熱氣鬱蒸 不能耐 據尹嘉承
錫五仍擬謀為午後由會計處借支三十元 派
政務警察進城至郵匯津 并寫短諭一
紙
七月八日 陰歷六月初一日 星期四
晴 向熱 十時據聞昨夜蘆溝橋方面日軍
炮聲竟夜不絕 真象亦不明 午後二時據報承
宣門已閉 城內外交通斷絕 仍不得確實消
息 胡秘書長今日未到府 余會同崔君博政
務警長及保安隊隊長 出去分別協共嚴加防
範 尤對於西郊特別注意 以免羈押人犯 聞
炮聲驚惶生亂 并囑日內禁止押犯 據史又
因二科王科長昨日赴保 由余建議 囑王會計吳
將府中公款 移作準備 即使亦須妥為存放

书影二

《中国近现代稀见史料丛刊》总序

在世界所有的文明中，中华文明也许可说是“唯一从古代存留至今的文明”（罗素《中国问题》）。她绵延不绝、永葆生机的秘诀何在？袁行霈先生做过很好的总结：“和平、和谐、包容、开明、革新、开放，就是回顾中华文明史所得到的主要启示。凡是大体上处于这种状况的时候，文明就繁荣发展，而当与之背离的时候，文明就会减慢发展的速度甚至停滞不前。”（《中华文明的历史启示》，《北京大学学报》2007 年第 1 期）

但我们也要清醒看到，数千年的中华文明带给我们的并不全是积极遗产，其长时段积累而成的生活方式与价值观具有强大的稳定性，使她在应对挑战时所做的必要革新与转变，相比他者往往显得迟缓和沉重。即使是面对佛教这种柔性的文化进入，也是历经数百年之久才使之彻底完成中国化，成为中华文明的一部分；更不用说遭逢“数千年来未有之变局”、“数千年未有之强敌”（李鸿章《筹议海防折》），“数千年未有之巨劫奇变”（陈寅恪《王观堂先生挽词序》）的中国近现代。晚清至今虽历一百六十余年，但是，足以应对当今世界全方位挑战的新型中华文明还没能最终形成，变动和融合仍在进行。1998 年 6 月 17 日，美国三位前总统（布什、卡特、福特）和二十四位前国务卿、前财政部长、前国防部长、前国家安全顾问致信国会称：“中国注定要在 21 世纪中成为一个伟大的经济和政治强国。”（徐中约著《中国近代史》上册第六版英文版序，香港中文大学 2002 年版）即便如此，我们也不能盲目乐观，认为中华文明已经转型成功，相反，中华文明今天面对的挑战更为复杂和严峻。新型的中华文明到底会怎样呈现，又怎样具体表现或作用于政治、经济、文化等层面，人们还在不断探索。这个问题，我们这一代恐怕无法给出答案。但我们坚信，在历史上曾经灿烂辉煌的中华文明必将凤凰浴火，涅槃重生。这既是数千年已经存在的中华文明发展史告诉我们的经验事实，也是所有为中国文化所化之人应有的信念和责任。

不过，对于近现代这一涉及当代中国合法性的重要历史阶段，我们了解得还过于粗线条。她所遗存下来的史料范围广阔，内容复杂，且有数量庞大且富有价值的稀见史料未被发掘和利用，这不仅会影响到我们对这段历史的全面了解和规律性认识，也会影响到今天中国新型文明和现代化建设对它的科学借鉴。有一则印度谚语如是说："骑在树枝上锯树枝的时候，千万不要锯自己骑着的那一根。"那么，就让我们用自己的专业知识与能力，为承载和养育我们的中华文明做一点有益的事情——这是我们编纂这套《中国近现代稀见史料丛刊》的初衷。

书名中的"近现代"，主要指1840—1949年这一时段，但上限并非以一标志性的事件一刀切割，可以适当向前延展，然与所指较为宽泛的包含整个清朝的"近代中国"、"晚期中华帝国"又有所区分。将近现代连为一体，并有意淡化起始的界限，是想表达一种历史的整体观。我们观看社会发展变革的波澜，当然要回看波澜如何生，风从何处来；也要看波澜如何扩散，或为涟漪，或为浪涛。个人的生活记录，与大历史相比，更多地显现出生活的连续。变局中的个体，经历的可能是渐变。《丛刊》期望通过整合多种稀见史料，以个体陈述的方式，从生活、文化、风习、人情等多个层面，重现具有连续性的近现代中国社会。

书名中的"稀见"，只是相对而言。因为随着时代与科技的进步，越来越多的珍本秘籍经影印或数字化方式处理后，真身虽仍"稀见"，化身却成为"可见"。但是，高昂的定价、难辨的字迹、未经标点的文本，仍使其处于专业研究的小众阅读状态。况且尚有大量未被影印或数字化的文献，或流传较少，或未被整合，也造成阅读和利用的不便。因此，《丛刊》侧重选择未被纳入电子数据库的文献，尤欢迎整理那些辨识困难、断句费力、裒合不易或是其他具有难度和挑战性的文献，也欢迎整理那些确有价值但被人们习见思维与眼光所遮蔽的文献，在我们看来，这些文献都可属于“稀见”。

书名中的“史料”，不局限于严格意义上的历史学范畴，举凡日记、书信、奏牍、笔记、诗文集、诗话、词话乃至序跋汇编等，只要是某方面能够反映时代政治、经济、文化特色以及人物生平、思想、性情的文献，都在考虑之列。我们的目的，是想以切实的工作，促进处于秘藏、边缘、零散等状态的史料转化为新型的文献，通过一辑、二辑、三辑……这样的累积性整理，自然地呈现出一种规模与气象，与其他已经整理出版的文献相互关联，形成一个丰茂的文献群，从而揭示在宏大的中国近现代叙事背后，还有很多未被打量过的局部、日常与细节；在主流周边或更远处，还有富于变化的细小溪流；甚至在主流中，还有漩涡，在边缘，还有静止之水。近现代中国是大变革、大痛苦的时代，身处变局中的个体接物处事的伸屈、所思所想的起落，藉纸墨得以留存，这是一个时代的个人记录。此中有文学、文化、生活；也时有动乱、战争、革命。我们整理史料，是提供一种俯首细看的方式，或者一种贴近近现代社会和文化的文本。当然，对这些个人印记明显的史料，也要客观地看待其价值，需要与其他史料联系和比照阅读，减少因个人视角、立场或叙述体裁带来的偏差。

知识皆有其价值和魅力，知识分子也应具有价值关怀和理想追求。清人舒位诗云“名士十年无赖贼”（《金谷园故址》），我们警惕袖手空谈，傲慢指点江山；鲁迅先生诗云“我以我血荐轩辕”（《自题小像》），我们愿意埋头苦干，逐步趋近理想。我们没有奢望这套《丛刊》产生宏大的效果，只是盼望所做的一切，能融合于前贤时彦所做的贡献之中，共同为中华文明的成功转型，适当“缩短和减轻分娩的痛苦”（马克思《资本论》第一卷第一版序言）。

《丛刊》的编纂，得到了诸多前辈、时贤和出版社的大力扶植。袁行霈先生、傅璇琮先生、王水照先生题辞勖勉，周勋初先生来信鼓励，凤凰出版社姜小青总编辑赋予信任，刘跃进先生还慷慨同意将其列入“中华文学史史料学会”重大规划项目，学界其他友好也多有不同形式的帮助……这些，都增添了我们做好这套《丛刊》的信心。必须一提的是，《丛刊》原拟主编四人（张剑、张晖、徐雁平、彭国忠），每位主编负责一辑，周而复始，滚动发展，原计划由张晖负责第四辑，但他尚未正式投入工作即于 2013 年 3 月 15 日赍志而殁，令人抱恨终天，我们将以兢兢业业的工作表达对他的怀念。

《丛刊》的基本整理方式为简体横排和标点（鼓励必要的校释），以期更广泛地传播知识、更好地服务社会。希望我们的工作，得到更多朋友的理解和支持。

2013 年 4 月 15 日

目　录

前　言

数年前，为出版《抗日战争史料丛编》，我正四处搜集史料。一个偶然的机会，同事南江涛博士告诉我，他在整理出版吴锡祺先生的家藏时，发现有一本《雪盦日记》，涉及抗战。当时日记已扫描完毕，原件就在南博士办公室，我迫不及待地快速进行翻阅，顿感价值极大。经南博士联络，吴先生同意我和同事刘奥林整理出版这部日记的计划，这使得我们倍感鼓舞。

一、《雪盦日记》的作者

吴锡祺先生为历史学家、藏学家、文献学专家吴丰培之哲嗣，该日记即为吴丰培先生的旧藏。日记前有吴丰培先生所作之题记：

> 此书仅存六册，乃民国二十六年二月六日至十二月廿三日的日记，书题为雪盦日记，不著撰人名氏。细审书中所记，作者名袁崇霖，字闰九，天津人，年约四十余，京寓烂缦胡同 37 号张宅，家居均住天津南开附近。民国十五六年间在河南代理河南省银行总理，兼郑州陇海火车货捐局局长，廿六年任大兴县署秘书，事变后曾在维持会工作。
>
> 日记正当七七事变前后，颇记围城和敌军进城情况。
>
> 书皮题礼、乐、射、御、书、数，似仅此六册。
>
> 字体尚好，乃秘书之才。

根据吴先生之题记，该日记似由吴先生购得。日记所起于 1937

年2月6日,讫于同年12月22日(吴先生误记为12月23日)。经吴先生考订,“作者名袁崇霖,字闰九”,然细检全篇,并无记载显示作者名“袁崇霖”。关于“闰九”,仅有一处记载:

> 赴琉璃厂两明轩取定做之……所刻昌化小对章,因袁润九三字阳文章,润九两字章法太怪劣,实不能用,当令其磨出重刻。(3月11日)

作者在琉璃厂所刻之印章为“袁润九”(吴先生误作“闰九”),但不能断定“润九”是名还是字。作者10月3日之日记,有致友朋信札,自称“霖才疏肆”,则依此可判定,作者名中应有“霖”字。吴先生如何考订作者名中有“崇”字,实未可知。

然而以日记提供的基本线索为参照,考索此时期日记外的其他资料,可证作者名确实是“袁崇霖”。以下即根据日记所载,对作者的履历进行梳理。

> 慰霖为富家子,与予为总角交,且又同校于放生院小学堂。(3月30日)
>
> 乔仲维到会相访,十五年前盐务署旧同事也。……盖民十一年由盐署分袂后,从未谋面一次也。(12月3日)
>
> 盖当民十五六年之间,余正在汴代理河南省银行总理之职务,且兼郑州陇海火车货捐局长……(5月11日)
>
> 与李仙舟遇,谈许久,仙舟自青岛公安局分袂后,回津即服务于天津世界红卍字会。(6月4日)

由日记所记可知,作者毕业于天津放生院小学堂,1922年在北洋政府之盐务署任职,1926—1927年在河南开封任河南省银行总理,兼郑州陇海火车货捐局长。后任职于青岛公安局(时间不详)。

1937 年的经历日记所载甚详，3 月底至七七事变爆发，任河北省大兴县县长胡蕴璋之秘书，事变后任河北省各县维持会（后改为“行政委员会”）总务处秘书。

作者并非名人，甚至可以说是历史中极小的人物，然而我们在晚清、民国时期出版的图书、期刊、报纸、档案中，亦可找到大量有价值的线索，可印证或补充作者的部分履历。

作者毕业于天津放生院小学堂。查天津《大公报》清末的记载，1907 年 8 月 29 日“移款助赈”内有“放生院两等官立小学堂学生袁崇霖等一百三十二名捐点心钱铜元六百六十枚”，1908 年 5 月 19 日“高等各级学生会考揭晓”内有“高等第二年一学期第一名袁崇霖（放生院小学堂）”，1908 年 10 月 28 日之启事内有“放生院两等官立小学堂学生袁崇霖等捐铜元八百六枚”的记录。天津放生院小学堂成立于 1904 年 1 月，是天津最早设立的 13 所官立小学之一，作者入小学堂时名为“袁崇霖”，成绩优异。

出版时间不详的《共和党本部职员、支部职员党员表》[①]附录之《直隶支部职员党员表》，也有袁崇霖，字润久，直隶人，住址为天津如意庵西张家胡同。共和党成立于 1912 年 5 月 9 日，是立宪派为适应袁世凯急欲组织最大政党，用以对抗中国同盟会的需要而成立，由民社、统一党等合并组成，黎元洪为理事长，1913 年 5 月又与民主党、统一党合并，组成进步党，成为国会仅次于国民党的第二大党。袁崇霖 1912—1913 年间曾加入共和党，于此亦可见其政治倾向。

作者 1922 年前后曾在盐务署任职。查 1920 年出版之《盐务署职员录》[②]，盐务署秘书处有办事员袁崇霖，字润九，29 岁，直隶天津

---

① 《共和党本部职员、支部职员党员表》，出版时间不详，第 39 页。本文中涉及民国图书，如无特殊说明，皆出自国家图书馆出版社开发的“中国历史文献总库・民国图书数据库”，访问网址：mg. nlcpress. com。

② 盐务署编《盐务署职员录》，北平盐务署，民国九年（1920）铅印本，第 3 页。

人，委任日期为1918年7月1日，住址为西裱褙胡同池州会馆。据日记所载，作者于1922年离职。

1926—1927年可谓是作者最风光的时期，任河南省银行总理，兼郑州陇海火车货捐局长，“中年风顺，身兼数差，每日杯酒常满，坐上不空”。之后的履历，日记仅提及在青岛公安局任过职，笔者未查到相关资料，然而在1932年出版的《国民政府公报》中，有关于“袁崇霖”的记载：

> **国民政府指令第一五五五号（二十一年十月二十四日）**
>
> 呈据财政部呈为安徽印花烟酒税局秘书赵公直、课长袁崇霖、冷德祥、朱复呈请辞职……[①]

公报中记载的袁崇霖，似乎即日记的作者，因为其交际圈、谋职的范围基本在税务、银行系统（详见后文）。

1937年作者从天津到北平谋职，后经友人介绍任河北省大兴县县长秘书，七七事变后任职于河北省各县维持会。河北省各县维持会隶属于北京维持会，1937年12月17日因伪中华民国临时政府的成立而解散。查1938出版的《北京地方维持会报告书》，“本会地方行政委员会主席委员及职员一览表”[②]中有总务组主办袁润九。同年出版的《地方行政委员会会务纪要》，有总务组主办袁润九，“别号”栏标注为“崇霖”，46岁，河北天津人[③]。同组的主办刘卓然，“别号”栏有“以字行”字样。作者登记时既未注明“以字行”，则此时已用名

---

① 《国民政府公报》（洛字第四三号），国民政府文官处印铸局印行，1932年12月26日，第11页。

② 汪朝宗编《北京地方维持会报告书》，民国二十七年（1938）铅印本，第38页。

③ 北京地方行政委员会编《地方行政委员会会务纪要》，民国二十七年（1938）铅印本，第63页。

袁润九，别号“崇霖”。

关于作者姓名，最直接的证据是 3 月 27 日所记，此时作者甫任大兴县县长秘书：

> 至文华斋刻牙章方，每字二角，镌余别字，备县府钤盖公文用，缘此次委令系用字也。

因作者明言“委令系用字”，因此才需要新刻“镌余别字”的牙章。若能查到相关任命的文书，作者的名字问题即可定案。然而笔者未在当时出版的《河北省政府公报》《冀察政务委员会公报》中找到大兴县的秘书、职员任命记录。作者十余日前（尚未到大兴县任职）已刻有“袁润九”小对章，此时又新刻牙章，“镌余别字”，作为“钤盖公文用”，则似乎当时已用名“袁润九”，字“崇霖”。然而因小对章一般私用，不适合“钤盖公文用”，此种推断仍不十分肯定[①]。

《地方行政委员会会务纪要》登记作者时年 46 岁，7 月 10 日（阴历六月初三日）的日记亦有“今日为余四十六初度”的记载，依此可推断作者生于光绪十七年（1891）阴历六月初三日。

日记至 1937 年底结束，此时维持会已解散。根据日记所载，作者正四处请托，虽然自认“极少希望”，但仍拟在河北省银行谋一职。查 1938 年出版的《河北省银行职员录》，天津二等分行经理为袁润九，年龄 42 岁，籍贯河北天津，1938 年 1 月到行，通信处为天津特别一区 17 号路积余里 7 号[②]。袁润九并兼任总行稽核室稽核[③]。此处

① 有关日记中的印章问题，感谢中国社科院近代史研究所卞修跃编审、马忠文研究员的提示。

② 河北省银行总行总务科编《河北省银行职员录》，民国二十七年（1938）铅印本，第 51 页。

③ 《河北省银行职员录》，第 9 页。

明显年龄有误，不知是编校错误，还是作者有意为之。

更确切的信息来自当时出版的报纸，《晨报》1938 年 1 月 12 日有《河北省银行天津分行经理袁润九接任》的报道：

> 河北省银行总理王荷舫，接事以来，对于行务积极整顿，近以天津分行关系重要，前任经理辞职，王总理延聘前充河南、湖南等省之银行总理及历任财政界要职之袁润九氏接任，已于前日到行就职，闻袁氏对于发展行务计划，已筹拟妥善逐渐施行云。[①]

这则报道不仅提供了袁润九于 1938 年 1 月 10 日到任的信息，还介绍了他"前充河南、湖南等省之银行总理及历任财政界要职"的履历。其中曾任湖南省银行总理职务，为前文所未提及，至于"历任财政界要职"，则明显有自夸之嫌，袁只是在北京政府盐务署任过四年的办事员。

天津市档案馆存有与袁润九有关的档案三件，其中两件为作者任天津分行经理时商业合同在天津市地方法院及检察处的备案，备案时间都是 1938 年 11 月 23 日，内容分别是《河北省银行天津分行袁润九、怡和斗店新记张瀛洲备案》[②]《河北省银行天津分行袁润九、德胜货栈李筱良声请备案》[③]，备案时年龄为 47 岁。查此时期河北省银行天津分行的相关档案，1939 年 3 月 8 日前袁润九还在任，分

---

① 《河北省银行天津分行经理袁润九接任》，《晨报》1938 年 1 月 12 日第 4 版。以下各报皆出自国家图书馆出版社开发的"中国历史文献总库 · 近代报纸数据库"，访问网址：http://hbz.nlcpress.com。

② 《河北省银行天津分行袁润九、怡和斗店新记张瀛洲备案》，天津档案馆，档案号 401206800—J0044—2—044103。

③ 《河北省银行天津分行袁润九、德胜货栈李筱良声请备案》，天津档案馆，档案号 401206800—J0044—2—043833。

行文书有所钤“润九”印。之后因钤印改为“河北省银行天津分行经理”，未用个人印，无法确定是否还在分行任职。1940 年 2 月出版的《中外经济统计汇报》第 1 卷第 2 期，在《天津市银行一览表》里，也有关于袁润九任职的记载①，考虑到表格信息搜集到杂志出版有一定的时间间隔，则袁润九于 1939 年底至 1940 年初，似乎尚在任。

天津档案馆还存有 1941 年 6 月备案的文书《润德堂袁润九、毅然堂赵玉海、世洪堂袁柏甫、怀远堂王绍诠申请分拨退伙备案》②，其中备案人之一的袁润九，51 岁，通信地址为法租界二号路 25 号通益公司。备案合约如下：

> 立分拨字据，润泽堂袁、毅然堂赵、世洪堂袁、怀远堂王，前于民国廿九年正月初六日共同设立通益公字号，计共股本洋贰万元、四股，各占伍仟元，聘由王绍诠为经理，兹因生意亏累，内部改组，润泽堂袁及怀远堂王无力继续营业，已分别于成立分拨之日，眼同各方及见证人，将应摊赔款及长支计润泽堂袁捌百元、怀远堂王五仟壹拾九元七角九分，交付通益公由毅然堂赵、世洪堂袁收讫，继续营业。原有欠内欠外各款，概由毅然堂赵、世洪堂袁两户负担全责，同时撤退王绍诠经理之职，由袁柏甫任当经理，旧有图章照旧盖用。旧账一概作废，另立新账，毅然堂赵、世洪堂袁两户对于营业，日后不论兴衰盈亏及旧有欠外债款是否还清，概由其两户负担全责，与润泽堂袁、怀远堂王无关，除将旧日订立之合同眼同中证人销毁，由毅然堂赵、世洪堂袁函达各债权人表明，对于通益公一切责任承担，与润泽堂袁、怀远堂

---

① 《天津市银行一览表》，见《中外经济统计汇报》(中国联合准备银行总行编)1940 年第 1 卷第 2 期，第 17 页。

② 《润德堂袁润九、毅然堂赵玉海、世洪堂袁柏甫、怀远堂王绍诠申请分拨退伙备案》，天津档案馆，档案号 01206800—J0044—2—055283。

王两户脱离关系，特立此分拨字据五纸，各方执一份，见证人保存一份，以为日后凭证，专约另缮此分，专为法院备案之用。

中友人：张子彬

见证人律师：赵钢

立分拨字据人：润泽堂袁、毅然堂赵、世洪堂袁、怀远堂王

中华民国卅年五月二十八日立

这是笔者能查到的关于袁崇霖或袁润九的最后的记录，合约中的"袁柏甫"为作者之侄，日记中多次提及，1937 年尚在兴隆洋行任职。根据合约的描述，通益公字号由袁润九、袁柏甫等四人合伙成立于民国二十九年(1940)正月初六，各占股本 5000 元，后因亏损，无力经营，袁润九及王绍诠退出，袁摊赔款 800 元。1940 年起作者是否仍在河北省银行天津分行任职，尚不能确定，之后的情况，更是不得而知。

二、《雪盦日记》的价值

正如吴丰培先生所言，《雪盦日记》的价值，突出体现在"日记正当七七事变前后，颇记围城和敌军进城情况"。七七事变的爆发是全面抗战的开始，而这一重要历史时刻亲历者的日记却较少被发现，据笔者目力所及，仅董毅之《北平日记》较为详细，作者是北平沦陷时期辅仁大学国文系的一位青年学生，记录的时间段为 1938 年 4 月 11 日至 1943 年 12 月 15 日。然而此日记始于 1938 年，主要记载沦陷区的生活，而不是 1937 年七七事变时的经历。沈从文先生 1946 年发表于上海《大公报》上的文章《忆北平》[①]，对事变时普通民众的反应也有一段不足千字的回忆。相较而言，《雪盦日记》的作者事变时任大兴县县长秘书，常往返于北平与大兴之间，大兴县又与事变爆发的中心宛平县相邻，故记载事变的过程甚为详细。

---

① 沈从文《忆北平》，发表于 1946 年 8 月 4 日上海《大公报》。

作者于7月8日上午十时听说昨夜芦沟桥方向炮声不绝，因胡县长未到县署办公，他立即命令严加防范，特别避免羁押犯人逃脱，并将公款、印信妥为存放。下午五时进城，见永定门外人车拥塞，城内亦然。晚七时又闻炮声隆隆，八时乃止，“市中八时戒严，警察传知住户上门。终夜尚安靖”。作者居住在北平城内，但因有公务在身，常往返于北平与大兴之间，因此记载亲见之城内驻防、城门开关、难民涌入、城外战况甚详。大兴县因与宛平相邻，十分危险，胡县长从二十九军军部借来子弹，后又有一营步兵前来防守，并赶筑工事。7月13日，大兴县署附近之大红门爆发战事，作者“避立室中墙角，枪弹乱飞达十余分始止”，后在县府附近的民房暂避，度过了惊心动魄的一夜。此后作者主要居住在北平城内，每日听闻郊外之枪炮声，以及盘旋于北平上空之日机的轰鸣声，打听消息的渠道主要是通过阅读北平发行的各主要报纸、日本飞机散发的天津报纸，以及听无线电。期间有关战和的报道不定，我军胜败的消息时有传来，作者之心情亦随之跌宕起伏。而此时与天津家人的通信已然断绝，报载天津寓所附近被轰炸，作者心急如焚，至平津沦陷后通信恢复，方知未受波及，如释重负。

作者对事变后自身经历的描述，读来让人身临其境，也有一些细节值得注意。七七事变是全面抗战的开始，然而从当时各报的报道和评论来看，事变似乎是此前屡次爆发之中日军事冲突的延续，时和时战，“渐有和平解决之途径等语”，这无疑对北平市民对和战的判断产生了一定的影响。作者7月11日进城，好友李楚卿即邀请其到新新戏院看戏；二十九军战败后，8月1日作者赴郭仰宗宅，发现对方正在打麻将，作者也感慨“如此时局，尚能安闲若此，真不可及也”。事变后和战的反复以及舆论的反应，是值得注意的问题。

《雪盦日记》的另一个重要史料价值，是详细地记载了河北省各县维持会的活动。河北省各县维持会隶属于北京地方维持会(后改名为“北京地方行政委员会”)，其活动有事变后出版的《北平市地方维持会各项章则文告》[①]《北京地方维持会会议录》[②]《北京地方维持会报告书》《地方行政委员会会务纪要》《临时财政总监理处报告书》[③]《卢沟桥事变后北京治安纪要》[④]等书可资参考。然而这些文献都是官样文章，粉饰之语多，且以北京地方维持会为主，涉及河北省各县维持会的内容极少。当时国统区的期刊对河北省各县维持会有简短的评论：

> 潘（毓桂）把持着北平的维持会，张（璧）欲以河北各县维持会抵制之。但是倭寇方面对于潘五儿特别信任，强抑河北维持会隶属于北平维持会之下，更名曰“河北行政委员会”。所谓“河北行政委员会”，内分三处：总务处、政务处与监察处。委员尽系小人模范，有白浣亭、宁夔扬、黎雅亭、朱西苓、魏子丹、刘宇民等。各县的维持会由“行政委员会”禀呈日本特务机关，也先后成立了专司，为日本采买、征夫、输送、侦探军情、清查户口，无异供给倭寇之支应局。[⑤]

相较之下，《雪盦日记》对河北各县维持会的记载就详细得多。

关于人员。“该会由河北各县留平富绅巨商等组织而成”，其中常委白浣亭、王鹤年是作者的旧识，秘书、干事均为委任，发委任令，俨然一副行政机构的做派。白浣亭“人极滑，不负责任，诸事无不推

---

① 北平市地方维持会编《北平市地方维持会各项章则文告》，出版时间不详，从内容推断应出版于 1937 年底。

② 北京地方维持会编《北京地方维持会会议录》，出版时间不详，从内容推断应出版于 1938 年初。

③ 北京地方维持会临时财政总监理处编《临时财政总监理处报告书》，民国二十七年（1938）1 月铅印本。

④ 潘毓桂《卢沟桥事变后北京治安纪要》，民国二十六年（1937）铅印本。

⑤ 老向《华北永远是我们的》，《战地通讯》1938 年第 14 期，第 9 页。

诿，且年事已高，精神不敷应用，每日议场报告、提议各案纷如乱丝，散会后所议所决茫无头绪”。朱西苓把持秘书处，排斥异己，对作者到秘书处任职消极抵制。总务组张希天以职员领袖自居，“于金钱似极注意”。

关于机构。各县镇所设分会，原名河北省地方维持联合会某处分会，日本顾问建议改称某处地方维持会，不用分会字样。大兴县分会推荐继任的大兴县长，日本顾问不以为然，要求“不得再有干涉行政之举也”。

关于经费。维持会成立时由冀察政委会拨付开办费 3000 元，会内拟定的预算为每月经常费 5000 元，特别费 3000 元，合计 8000 元，后秉承日本顾问的意旨改为 1500 元，秘书二人，每人每月 50 元，日文秘书一人，每月 60 元。总务处干事三人，每人每月 30 元。经费颇拮据，职员之薪水经常拖欠。

关于会务乱象。维持会不受各方面的重视，内部“一切杂乱无章，毫无秩序，常务委员十四人多属未厌人物，而办事职员亦属人品不齐，扰攘纷乱三月之久，怪现百出”。开会时发言无序，“委员间互有意见，言外不免时露弦外之音，甚且明言攻击，此种情形，魏子丹尤甚”。白浣亭无行政经验，毫无头绪。改组为行政委员会前，各委员即多日不出席常会，“各为其个人前途在外活动”，内定后“落选诸人仍在努力运动”。行政委员会即将解散时，“各委员亦个个丧气游魂，有若失了父母的婴儿”，但是仍“到处钻营，朱（西苓）、宁（夔扬）尤甚”。

关于媚日行径。维持会完全被日本顾问所控制，“议席上顾问均有不满表示，且对常委有不客气训饬”。白浣亭以日本顾问“滨本为靠山”，极尽巴结之能事。他还送日本川岸中将七言诗一绝云：“不妄杀人良药方，视民疾苦果如伤。长辛店外旌旗舞，如见当年武惠王。”将之比喻为“不妄杀一人”的曹彬。日军占领保定后，“当场即有某常委提议由本会通函各分会庆祝，其他常委亦不敢有异议，主席遂想一滑头办法，改用电话通知，以免形之公牍”。

《雪盦日记》以亲历者的所见所闻，详细记录了河北省维持会的内部运作、权利倾轧、媚日行径，是进行伪政权研究极为重要的资料。该日记的独特价值，还在于记录了一个底层公务人员沦落为“汉奸”的过程。作者在日记中虽未深入披露心迹，但是我们仍可窥见其从参加维持会之初民族气节尚存，到为谋生而合作的过程。

8月10日，作者看到报载“高五爷”（高凌蔚）任天津维持会委员长，各属局正在派人组织，赶紧与好友宋旭初（天津盐商，与高凌蔚关系密切）“写一快信，托其预为道地”。11日，与大兴县署同事刘敏斋、崔景南，奉县长胡蕴璋之命与大兴绅士讨论合组维持会。8月12日阅《北晨晚报》，获悉河北省各县地方维持联合会已于10日成立，旧识刘宇民、王鹤年、白浣亭等为委员，于是次日往拜，并答应“既属河北省人，理应稍尽义务”。在今人看来，维持会为“日本侵略者在中国沦陷区内利用汉奸建立的地方傀儡组织”，“其任务是为侵略者实现‘以华制华’‘分而治之’服务，华北临时政府成立后，各地的维持会陆续被接收”[①]，然而我们从日记所载，看不到作者对这一机构的排斥和反感，反而是托人在天津维持会谋职，并且很乐意参加河北省维持会。他对维持会的这种积极的态度，是因为想与日军合作而获取官位，或者他本身就亲日、媚日吗？最起码在加入维持会之始，作者并不是这样认为的。

报载白浣亭说明成立维持会的宗旨为“注重救济各县被难人民，如一方补救食粮之缺乏，一方使弃田禾而逃往四方之农民急速返家，以备秋收之农作”，作者认为“此即所谓治标治本、双管齐下者也”。听闻维持会内秘书、干事都发委任令，作者认为“殊非所宜”，因为“维持会既非行政机关，办事人又为救济灾难而任事，应一律函聘，不应

---

① 熊月之等编著《大辞海·中国近现代史卷》，上海辞书出版社，2013年，第483页。

弄此官僚气派也”。

听说维持会秘书处被朱西苓把持，排斥异己，对其加入秘书处“似有消极抵制”之意，作者曾发过一番感慨：

> 归后，寻思冀地方维持会原属以地方人士办理地方救济事业，凡属在会人士，均为桑梓尽些许义务而来，既非争权夺利之处，亦非升官发财之所，尚何把持排斥之有。今该会竟出现此种败类，发生此项怪象，其人非汉奸国贼，即属毫无心肝，悲愤之余，不禁为国家前途痛心。（8月24日）

作者因朱西苓的“排斥异己”而悲愤，大骂其为“汉奸国贼”，并且“为国家前途痛心”，其原因就在于认为维持会是“以地方人士办理地方救济事业”。所以次日“一再思索维持会内幕复杂，份子不纯，已决计不再参加，以免睹此预作亡国奴者之怪状”。那么，如果诚心在维持会“办理地方维持、救济事业”，就不是“预作亡国奴者”？他对维持会的这种看法，其实并不是个例，国民政府任命的大兴县长胡蕴璋（后化妆逃离北平），也委托下属任县署之代表，与地方士绅合组维持会，“表示县府有人员负责”。这种对维持会相当正面的看法，在当时具有一定的历史原因和民意基础，学界对此点似乎缺少足够的关注。

维持会出现于九一八事变之前，不仅仅与日军侵华相关。民国时期，各地战争频仍，政权更迭频繁，而每一次政权更迭、军队换防的无政府状态，都会造成谣言纷起、市面不平、治安不靖，因此都需要地方商会、士绅等知名人物和社会团体组织维持会，暂做过渡。北京较具代表性，因为系北洋政府的首都所在，它是各方军事、政治力量争夺的重点。1922年第一次直奉战争爆发，就有《请组织北京治安维持会》[①]的报道。同年5月1日，顺直省议会议员白常文（即日记中

① 《请组织北京治安维持会》，《京报》1922年4月13日，第2版。

的维持会会长兼总务处长白浣亭）等鉴于直奉战争时两军密布各县，成立了“京兆地方秩序维持会”。1925 年 11 月因“近畿军队移动防务”，北京士绅发起成立“北京市民治安维持会”。1926 年 4 月，因冯玉祥之国民军从北京撤退，北京成立了“京畿治安和平维持会”，公推王士珍为理事长①，之后又因京师连日谣言甚盛，另组“京师临时治安维持会”，“专力于维持治安，不问政治军事”②。京兆也成立了“京兆公安维持会”，宣言京兆人治京兆③。1928 年 6 月 5 日，因国民革命军北伐，奉军战败从北京撤退，北京又成立“治安维持会”，吴炳湘暂代警察总监④。

北京如此，各地亦然。厦门、无锡、苏州、柳州等地，都因军阀混战而成立过维持会。北伐时期，武昌、南京因受战争冲击，两地士绅也先后成立治安维持会或地方维持会。与日本相关而成立维持会，有五三惨案期间济南成立的治安维持会，九一八事变后东北各地在日本的控制下成立了维持会，一·二八抗战时上海成立的上海市民地方维持会。其中后者支援十九路军的抗战，在当时广受赞誉。

抗战结束后，维持会仍然存在。二战末期苏军进入东北对日作战，日伪政权瓦解，各地也纷纷组织维持会，并与苏军联络。1949 年国民党军队撤离南京、上海后，两地也先后成立了维持会，并对解放军的军事管理进行配合。

---

① 《治安维持会昨开会》，《晨报》1926 年 4 月 5 日，第 6 版。

② 《王士珍等另组治安维持会，容纳孙学仕等之请求》，《社会日报（北京）》1926 年 4 月 13 日，第 4 版。另载“王宠惠起草简章，因北京有许多侨民皆在该会维持之下，必有与之交涉之件。拟挽王宠惠、颜惠庆两人专任一切交涉之责，该会期限，至大局底定时为止云”。

③ 《京兆公安维持会，宣言京兆人治京兆》，《社会日报（北京）》1926 年 4 月 17 日，第 4 版。

④ 《治安维持会昨日成立，已在烟酒署开始办公，吴炳湘暂代警察总监》，《晨报》1928 年 6 月 5 日，第 3 版。

维持会不是抗战期间的独有机构，也不全是伪政权，而是地方士绅等知名人士在无政府状态下成立的自治机构，经费由民间筹措，负责维持治安、救济抚恤，并“支应”各种征派。它只是临时机构，待政府成立后即宣告解散。正如《黑龙江省城临时治安维持会简章》所公布的：

> 一、本会为维持省城地方人民生命安全而设。二、本会系临时性质，俟地方主宰有人，即自行解散。三、本会维持只限于省城地面。四、本会系由绅商合组，公推素有名望者若干人，分担各项事务。五、本会经费，由在会人自行捐助。六、本会如救济贫民、保卫地方各事，应需经费，临时筹措。七、凡涉及政治、军事事项，本会概不预闻。[①]

九一八事变后成立黑龙江省城临时治安维持会，是日本扶持的伪机构无疑，然而其公布的维持会简章，却反映当时对维持会职能的普遍看法。二十世纪三十年代华北地区战争频仍，过路大军、驻军征派频繁，维持会也逐渐由无政府状态下的临时机构，而成为有政府存在时专司摊派应付的常设机构。它避免了军队直接征派，便于与未驻军地区分摊，由各地公推代表组成。甚至土匪占据市镇，也都是由维持会出面招待，避免受更大的损失。而战乱时期出面维持地方秩序，支应各种力量，有时候甚至要付出生命的代价，当时的报纸有过报道。

然而，维持会因为具有临时政权的属性，可以委派官吏、征收赋税，并可以处理旧政权之财税收入，特别是在存在时间较长，又能够与新政权产生关联的时期，它往往又成为民间实力派争夺、控制的对

① 何新吾、徐正学编《东北现状》，东北研究社，民国二十二年(1933)铅印本，第176页。

象。而侵华日军正是利用这一点，在占领区域大力扶持各种维持会，笼络地方实力派，并将之纳入控制之中，以致维持会几乎成了伪机构的代名词。因此，1933 年 5 月，河北省党部曾咨请河北省政府通令各县查禁地方维持会：

据报，本省三河、蓟县、平谷等县，现因日军由滦东节节推进，地方行政长官，有将支应局，改为地方维持会，冀日人到境，得以幸免危险者。查地方维持会之组织，原为维持秩序，用意固善，惟自九一八事变以来，日人嗾使汉奸，利用此项组织，为伪造民意，逢迎日人之机关，相习成风，各地皆然，事实上已成汉奸之集团，失其组织之原意。即使需要此项团体，亦应于地方无人负责之际组织之，何得在地方长官未离职以前，即有此项组织。且支应局为支应军需，接济军实而设，改支应局为维持会，尤属名不符实，心存叵测。兹本省各县之组织此项团体者，纵使其确系为地方、为人民而组织，亦易使民气销沉，汉奸藉以活动。若不严予取缔，各县纷纷效尤，敌未至而胆已寒，国未亡而心已变，其何以收长期抵抗之实效。除函河北省政府，转令各县政府，严予取缔外，合行令仰遵照，各该县已有此项团体，应向县政府接洽解散。如无此项团体，应防止此项团体之组织，此令。①

然而此项命令似乎未得到认真执行，虽有部分县取消维持会的报道，这一机构在当时仍大量存在。也就是说，维持会作为“民意机构”，本身并无问题，组织者之动机是否“纯正”，是为了救济难民、维持秩序，还是为个人权力、服务侵略者，这才是问题所在。

《雪盦日记》的作者正是在这一背景之下加入维持会的，他对这

---

① 《省党部咨省府通令各县查禁地方维持会之怪组织，易使民气销沉汉奸藉以活动，敌未至胆已寒国未亡心已变》，《京报》1933 年 5 月 22 日，第 6 版。

一机构并无排斥，认为是“为桑梓尽些许义务而来”，所以发现“内幕复杂，份子不纯”时颇为犹豫，自称因为是好友相邀，所以才虚与委蛇。北京维持会解散后，日本顾问粟屋表示，河北行政委员会直接向日本特务机关请示，他认为“日本人可以如此说，中国委员不可如此作，否则行政委员会不免有失中国机关立场耳。但默察委员中，颇有不少欲倚仗日人势力争权恋位不择手段者”。但是，如果据此就认为作者加入维持会是为了尽义务，立场鲜明，那就会失之偏颇。

维持会因故迟发车马费，作者牢骚满腹，认为既然对于办事人员下了委任状，那就不是名誉职务，不能“令人纯尽义务”。白浣亭赠送七言诗给日本川岸中将，恬不知耻地将之比喻为“不妄杀一人”的曹彬，作者“代为推敲，略易数字”。白浣亭又赠诗给日本顾问滨本，极尽恭维之能事，作者却认为“诗虽不甚工，但立言尚得体，较之恭维拍马一类文字，差胜一筹耳”，毫无立场可言。听说“某方”已委任新的大兴县长后，他认为胡县长“对县事似仍优游寡断，一误到底”，意即胡县长未积极组织维持会，以保有县长一职。他讽刺维持会委员们各为前途钻营奔竞，实则自己对出任大汉奸高凌蔚手下的县长并不排斥，更想在天津维持会或天津市政府谋一个职位，并拜访了高凌蔚。

从大骂别人是汉奸、动机不纯，到自己也沦落为汉奸，作者的这一转变，与其出身、经历、交际圈都有一定的关联。作者出生于北洋重镇天津，1912 年曾加入拥护袁世凯的共和党。他 1918 年能够入职盐务署，可能与其家族或“世业盐商”而“有数世通家之好”的天津宋旭初家族有关；1926 年能够代理河南省银行总理兼郑州陇海火车货捐局局长，也可能与直系吴佩孚统治河南相关，离职也可能与吴佩孚从河南败退有关。北洋时期是作者最为风光的时期，这也映衬了他在南京国民政府时期的落魄，“昔时薄县知事而不干，今日任县政府一秘书，回首前尘，令人不禁今昔之感”，事变后的 8 月 3 日，更是感慨“个人前途、职业毫无光明途径”，寝食难安。

我们通过日记可知，作者的核心圈子集中在京津两地，尤其是天津，主要通过挚友、盐商宋旭初谋职。宋“世业盐商”，与地方显贵联系密切，且“好与下台之达官贵人豪赌”，作者拟在天津维持会谋职，即是通过宋旭初联络高凌蔚。北平则是通过李楚卿，诸事多在李宅谋划，能够出任大兴县长秘书，也是由于李楚卿的推荐。可以说，作者具有较强烈的北洋背景，北洋的失势是其落魄的重要原因，而事变后北洋失意政客的“复出”，也为他摆脱“事业”和经济的困窘提供了条件。北洋集团对南京国民政府向来疏离，地域观念强，事变后也几乎整体投日，作者虽是极小的人物，然而作为圈内之人，最后选择了随波逐流，不由得让人感慨。

除上述各点之外，《雪盦日记》还大量记载了平津两地的民俗、物价、文物市场情况，反映了一个北洋旧人、底层公务人员的日常生活，对相关研究具有一定的参考价值，在此不再赘言。

本书能够出版，首先要感谢吴锡祺先生。吴先生能够将家藏文献交由我们整理，是对我们的极大信任，然而因种种原因，我们的点校工作进展缓慢，实在汗颜。其次要感谢我的同事南江涛博士，他不仅替我们联系吴先生以获得授权，还关注点校进展，并积极帮助联系出版事宜，让我们深为感动。最后，感谢张剑教授能够将此日记纳入“中国近现代稀见史料丛刊”系列，使得本书的出版成为现实。

本书由刘奥林、李强共同点校完成，其中刘奥林负责七七事变前的部分，李强负责之后的部分，并由刘奥林通校全稿。由于点校者学识有限，错误之处在所难免，敬请方家批评指正。

李　强

2019 年 6 月

凡　例

一、日记手稿中先用公历，后用阴历，本书照录，不再另做标注。

二、日记中人名偶有记作同音字者，或者由于作者仅知其音，而不能确定其字，或者由于笔误，或者由于随意通用，如“白焕亭”和“白浣亭”，“陈香九”和“陈香久”，则尽量保持原貌。

三、原文中夹注文字或括号中的说明文字，用小五字号单行排印。

四、日记中空阙待补之字，用“△”表示；不可识别之字，用“□”表示。

五、日记中确系误字，用圆括号“( )”标出，后用方括号“[]”括出改字。日记有脱字者，补字亦用“[]”括出。

六、日期有误者，亦同误字方式改。

吴丰培题记

此书仅存六册，乃民国二十六年二月六日至十二月廿三日的日记，书题为雪盦日记，不著撰人名氏。细审书中所记，作者名袁崇霖，字闰[①]九，天津人，年约四十余，京寓烂缦胡同37号张宅，家居均住天津南开附近。民国十五六年间在河南代理河南省银行总理，兼郑州陇海火车货捐局局长，廿六年任大兴县署秘书，事变后曾在维持会工作。

日记正当七七事变前后，颇记围城和敌军进城情况。

书皮题礼、乐、射、御、书、数，似仅此六册。

字体尚好，乃秘书之才。

---

① 闰，查日记中所载及《北京地方维持会报告书》《河北省银行职员录》均作“润”。

雪盦日记　礼

起廿六年二月六日讫三月十二日

（丙子十二月廿五日起，丁丑正月三十日止）

廿六年二月六日　阴历十二月廿五日　星期六

晴暖。十时起。高表叔派人送鲜花一担，计梅花一对，水仙六头，螃蟹者四头，直箭者两头，又小头者两小盆，海棠一对，洋绣球一对。秀峰[①]表叔在西乡杨庄种菜圃为业，每至年终，兼养水仙贩卖为副业，近年以来，每届岁暮即承赠送鲜花数种，已成惯例。水仙虽为自有，其他梅花等花另向本乡花厂转买而来。当即回送猪、羊肉各三四斤，藉资报桃。闻今年（阴历）水仙花行市较往岁为昂，昨在东马路花厂询问，每一元只买四头，较之前昨两年市价，几差一倍。此项花草纯为新年春节住宅、商号点缀陈列之物，完全属于奢侈品，每年销数多寡、价值低昂，大抵以年岁丰歉、市面盈虚为转移。今年地方安谧，各业均尚有盈无亏，故诸项鲜花价值皆昂，且购者踊跃争先，业此者无不利市三倍云。午时洗水仙，安放各盆，忙碌多时。四时赴宋旭初宅，报告刘子明晋京未归及面交代为调查定税节略一纸。六时旭初赴高泽畬总理宅，为其夫人祝嘏，坚留余在其宅晚饭。饭后与其二公子畅谈其学业事，始知其公子学识造就尚佳，现肄业法商学院学法律，本年暑假即可毕业。毕业后尚拟东渡留学，以期深造。宋氏世业盐商，与余家有数世通家之好，故知其家世甚悉。盖天津盐商子弟大都均染纨绔习气颇深，从来无有肆力学问以求自立者。宋氏数世尤

---

① 秀峰，后文均作“俊峰”。

少读书作事之人，今见旭初之二世兄矻矻求学，英年卓绝，且又志在学成服务社会，诚如凤毛麟角之可贵，而从此且可改换门风，实足钦慰。九时归，慕韩已先来，知柏甫于七时回津，送来由北平带来瓜子、蜜食等物，慕韩并归还洋△元。十时后整理书柜，一时半濯足就寝，终日未得展卷。

二月七日　阴历十二月廿六日　星期日

晴。十一时起，早点后洗水仙。一时半午饭，食昨晚柏甫侄由平带来之羊肉片涮锅子。因时过立春，羊肉已有膻味，据北平人言，此味只能在立春节以前食之为宜，一逾春节，其味便差。现已过立春数日，且近日气候又异常暖和，益信所言不谬耳。三时余柏甫来。余率宏儿赴官银号买花，购直箭水仙四头，螃蟹形者两头，价均每头二角。又购紫玫瑰花一盆，二角五分，小文竹两盆，一角。又购唐山瓷供盘五个，一元一角，日本料绿色供盘五个，八角。令宏儿雇人力车载归。余又至官银号菜市巡视一遍，无所买者，亦归，时冷风忽作，刺人如削。五时余返家，知宋旭初兄已派其花匠送来叶下红又名地竹，盖形如天竹耳。一对，螃蟹水仙四头，直箭水仙两盆。似觉今年水仙较多，连昨日高俊峰表叔及今日旭初兄所送，再加余今日又自购数头，合计不下廿余头，足敷赏玩。晚饭前后整理各花，忙碌多时，甚觉疲劳，然藉此亦可遣闷释忧。今日又未展卷，晚仅披阅报章。陕西和平日见进步，中央军一二日内即可开入西安。一时余就寝。

二月八日　阴历十二月廿七日　星期一

阴。家人整日忙碌，赶办新年。午后四时正拟出门访刘子明，因与张宅送水仙，致与内人呕气，未出门，晚饭亦未进。十二时后即寝。

二月九日　阴历十二月廿八日　星期二

阴，降雪约五指，午后乃止。终日郁气不得伸，腹闷不欲食，亦无兴趣办理年事。晚勉振精神出门，至息游别墅接洽事，至法界文华斋代竹盦交刻石章五方，该号以岁莫年迫，不欲再收刻件，经与磋商久之始允收下，并坚要该号将刻件务于明日转交刻印家周与九收讫，以便赶于明正初七日刻讫。又至劝业场天祥市场巡视一周，拟购大红软缎丈余，因嫌价昂未购。乘电车至东马路一布铺，购粉红弗蓝绒，又在东门脸购鲜干供品数事。十时归，收拾书案书橱。二时后始寝。

二月十日　阴历十二月廿九日　星期三

阴。十时半起。本月阴历为小建，今日为丙子除夕日也。盥漱毕，心中仍郁闷无兴趣，勉自排遣，强作精神，拂拭客室桌案，安放花盆，始将客室整理略有头绪。二时午饭，四凉碟、四大碗、一火锅。三时赵品澄派人送一函来，附封归还两次所借八元，此实向来未有之借钱而尚能履行还账之举也，反觉奇怪，以意料之，此次小数归还后，不久尚须有较大之告贷继其后也。四时赴新园沐浴，浴客虽不十分拥挤，而工作者尚觉十分忙迫，所以刮脸搓澡均极草率塞责。沐浴及各项“零活”均涨价五分，此亦向来旧例也。赏节钱三元，内有理发者一元，另又赏常行侍候、茶房二人共一元，搓澡者一元，看盆者一元，无异按门递门定费耳。六时半出，购痰桶一个。七时归时，已满街灯彩照耀，鞭炮齐鸣，大有过年景象。数年来市政当局对于旧年鞭炮禁令忽张忽驰，或明禁暗放，从未有如今年之煌煌明令特准燃放，以实行金吾不禁者也。八时食饺子，馅为晃虾、蟹黄、卫韭、猪肉、海参、白菜等料。北方民俗，无论贵贱贫富，由距过年数月以前日夕惶惶、诚恐诚惶，所以争竞筹备期在必食者，亦此除夕夜餐之一顿饺子也。饺子馅之精粗美恶，须视贫贱富贵而不同，至余家所食之饺子馅，虽尚不敢即云精美，然亦不算粗恶，诚如俗谚所谓“比上不足，比下有余”者而已。晚饭前，宋旭初先派人持片约余至其宅吃饭，并有话谈，当告以吃饭不必候，九时后必往谈。十时在家供佛上香后，即赴旭初之约，至则始悉有一节略倩余代为修润，遂即略为捉刀。闲谈至夜二时半，兴辞而归，回家守岁至天明。五时半上香，吃素饺子及汤元。七时后略睡。

二月十一日　阴历正月初一日　星期四

今日为丁丑元旦。早阴。由七时和衣寝息，至午时起，盥漱毕，至佛堂上香。今日为弥勒菩萨诞辰。一时食素饺子，茹素一日。午后书红，洗水仙，修整盆花。七时广孙来，与宏儿放双响。九时就寝，睡前默念佛号二三百声。拟须亲往贺春节者数家，钟蕙生部长、常小川局长、刘子明、崔竹亭、宋旭初诸公馆，今正拟必须往贺者数家外，其余至亲近友仍拟概不往拜。

二月十二日　阴历正月初二日　星期五

天气晴朗，大有新春景象。九时起，开市者已至，满口吉祥语，朗朗入辄，各室均到，遂走遂念，绝不停留，念毕付赏钱而去。按俗有所谓"开市即走，愈过愈有"，是以开市后，绝不稍事逗留。今年所约开市者仍为刘二之母，家人皆喜其吉歌清脆可听，动作爽快也。饬刘二将水仙两大盆另换带釉瓦盆，以备案头之清玩。一时食面条。刘合龙、尹氏甥昆仲先后来拜年，王颐忱亦来。昨见《盛京时报》载天竹栽供法一则云，"栽培天竹，须播以釜脐墨，即釜底之烟煤。非其他植物之肥料所能使其欣然向荣，此天竹栽培之法所迥然独异者也。且供天竹之法，更须先于干端取火燃之微焦，然后供诸瓶中，则其子叶可保持较久，不致即呈凋谢而叶黄子落也"等语。按所云供瓶之天竹必须火燃干端微焦，就余所知，不独天竹如此，即芍药等花亦皆然也。《大公报》停刊三天（由初一至初三日），《实报》除夕日即未送，此三天无报可看，甚闷人。国人尽情过春节，对于国家大事，皆可不必过问。各机关向均不能公然放假，本年春节，冀察范围内均明令放假三日也。傍晚，张三甥来召传。晚从书柜内取《眉寿堂丛帖》及李嘉端等手札墨迹册页浏览，并考李嘉端爵里，即撰书小传于册首，复取年前新收之《昭代名人尺牍续编》翻阅。内人率子女暨广孙赴北洋看夜戏。与平写复函,约初六七再函告行期。又与《国闻周报》写函,询第七期报未收到。九时,柏甫来叩头,坐谈时许,至十时去。阅《国闻周报》第六期。一时余寝。

(天头处记作:载供天竹之法。)

二月十三日　阴历(十二)[正]月初三日　星期六

晴,微风甚寒。昨晚移放西屋水仙盆碗水均结冰。十时起,早点后张苇弦甥来,坐谈甚久。年少英发,脱离学生转入社会甫经二载,议论风生,颇见经验,较之前二年已见历练。士别三日,当刮目相看,此言诚不诬也。一时午饭,本拟出门拜年,但因有风,且所雇车夫未来,遂作罢。三时后,高少洲姻兄率其大公子来,宋旭初兄、王少兰先后均来。旭初谈渠家引岸事所牵起之家务事,因其侄长馥近有悔悟意,故事态亦略见缓和。谈经半时,遂去,并嘱余同出,余以须往老宅谢之。五时发昨夜所写之平函及《国闻周报》发行部函各一件,赴西头老宅恭叩祖先毕,大、二侄妇均为余拜年,晤高俊峰表叔、孟纯九姗世讲等人。晚在老宅吃饭,食煎合子及十锦火锅等,饭毕,侄辈为推牌九之戏,余于此道为门外汉,作壁上观者片刻。九时归,冷风刺肤,近十余日来未有之天气也。归后略息,阅书至一时就寝。

二月十四日　阴历正月初四日　星期日

晴,风甚寒,虽在去冬,亦无此寒冷。十时起,早点后洗水仙花。午饭后,于三时出门拜年。先至意租界崔竹亭宅,于除夕回籍尚未归,转赴刘子明小公馆,据阍者云,今早赴平,以上两家均留片未进内。过法租界万国桥,赴美租界三十三号路新忠里一号常小川宅,五十六号路明德里钟蕙生宅,均外出挡驾。回行至日租界访赵品澄,在其旅寓略息,谈片时,至南斜街王、高两宅,均略坐。时已六时,即归,付赏车夫一元。四时余风较大，夕已止。晚阅《书画过目考》《清朝画征录》《书画随录》《墨林今话》《桐荫论话①》《寒松阁谈艺琐录》等书，并就余藏有书画之名人摘抄。十时，书室炉火已熄，不能久坐，入卧室阅书，并食元宵两枚。一时余就寝。

二月十五日　阴历正月初五日　星期一

晴，天气清朗，阳光和煦。十时起，早点后洗水仙花，并将各花盆移至窗下户前，就日光晒之。下午四时余，俞荫才姻兄来拜年。余于五时赴宋旭初宅拜年，旭初已出门，仅与其三世兄略谈即归。宏儿赴学校缴学费十三元五角。杂费在内。翻阅《画史汇传》数页。晚阅新取来第三十五期《宇宙风》，周知堂之《女人的命运》、郭沫若之《达夫的来访》、陈錬青之《文章的题目》、老向之《编爆在湖南》及老舍之《骆驼祥子长篇小说续稿》等文。就中以知堂之《女人的命运》一文为隽永。此文以新购汪龙庄所著《病榻梦痕录》及《双节堂庸训》两书取材，对于女人的命运有所发挥耳。十二时后，食煮鸭梨一枚，寝。

二月十六日　阴历正月初六日　星期二

晴。十时起，早点后洗水仙花。大侄妇率铁孙、容孙女来与内人拜年，留饭，二姑太太亦由刘宅来。二时半出门，赴大陆取洋百六十元，由北马路绕西马路归。四时返寓，稍进点心，电话询宋旭初，据云将要出门，往访之意取消。检点书画箱子三只，取陈曼生墨竹中堂一帧备悬客室，又取出扇面多件，选择奚铁生山水、王丹麓竹兰、招铭山菊生、水镜甫安澜梅花及陆凤石、冯修盦、周士键、高凌霄、沈兆沄、崇绮等字所书之便面，又将邢子愿所书字屏第一、第十、十一、十二共四帧以备携平请友鉴定，并酌量装裱。晚饭后，考定以上各书画家爵里。十一时略息后，与平写信，定阴九日往。早接紫鹤一月卅一日所

---

① 话，底本先作“画”，后删除改作“话”，应作“画”。

写之函，答复银耳价款嘱拨贾钟臣处。一时后，食煮鸭梨，就寝。

二月十七日　阴历正月初七日　星期三

晴。十时起，食银耳一碗，洗水仙，浇花草，阅报。赵秉涵来拜年。午饭后，赴宋旭初宅，因无他客，畅谈终日，在宋宅晚饭。饭后略息，赴东马路凤祥购便帽结子一枚，即返寓，时已九时，略收拾应带书籍字画及零物，接贾钟臣函通知云，接紫鹤函银耳款拨该号。昨晚所写之函，今日忘记付邮，另写一件确定九日往也。阅报，一时余寝。

二月十八日　阴历正月初八日　星期四

早微阴，十时后放晴。十时起，早点后洗水仙花，接补寄《国闻周报》第七期，阅报。午后三时赴文华斋，竹盦托刻石章经周与九鉴定，有三方略带鸡血之石章，因石质太坚且多钉眼不能着刀，退还不能刻，其另两方白新寿山因印文有一字辨认不清，尚未刻，经告知印文后，约明日往取。至稻香村，调查斧头牌老三号白兰地酒价钱，明记谓每瓶六元九角，其对过之一家谓拾元。四时至新园沐浴理发，自过旧历年后尚未沐浴，周身极不舒适，积垢满身，秽气已能自闻，经此一浴之后，爽快非常。六时半浴毕，购元宵十余枚而归。晚饭后，收拾零物。三时发昨晚所书平函，不知明日能赴平否。一时后就寝。

二月十九日　阴历正月初九日　星期五

晴暖似暮春天气。十时起，早点后洗水仙，身体略觉疲倦，未赴平。午后赴法租界文华斋，取代竹盦所刻石章一对，至天祥市场楼下一游，至明记稻香村取金斧头牌三星白兰地酒一瓶，至日租界日本药房购若素一盒，价一元四角，至中原公司一游。六时归，收拾零物。晚饭后，考邢侗爵里，撰邢子愿先生爵里书名考一文，并书之。一时后寝。

二月廿日 阴历正月初十日 星期六

晴，早有风，午后止。十时起，早点后决定赴平。洗水仙。广孙来。午饭后，柏甫侄来。三时一刻赴车站，到站时车已入站，购票登车，已无立处，幸有一客下车，让出一坐。因时计慢数分钟，故到站较迟，若再延误数分钟，几将误车。在车上晤常鉴三，谈悉刘子明在平寓址已迁往东四汪芝麻胡同八号，并得悉刘子明近来对于接办盐务事甚具热心。六时半抵平，雇车进城。晚饭后，至竹盦书斋略谈，并承出示新正在厂甸所购字画文玩。十二时濯足后就寝。

二月廿一日 阴历正月十一日 星期日

晴。九时余起。早点后，竹盦来拜。十二时作净课，由客□，由平返津后久废净课，今始照常举行。三时赴舍饭寺李宅，晤楚卿、孔栋丞、胡处长、陈玉器商人。与刘子明公馆打电话，据云已于初九日返津矣。楚卿约同赴厂甸，在画棚一游，无可看之字画，不过循友一游而已。后至海王村，时已各摊贩已正收拾摊货。六时，经楚卿拉赴陶镜湖宅吃饭，渠等每星期一举行之打牌会，今日正值镜湖作东也。七时余入座，同座十二人，饭毕，渠等入局，余与绍蘧闲谈，绍蘧明日起程回豫原籍也。九时余归，略息，濯足。一时寝。

二月廿二日 阴历正月十二日 星期一

晴。十时起，早点后作净课。午后三时余赴羊毛胡同访镜湖，并送白兰地，不待表示奉赠之意，渠竟首先声明，谓不问价钱，问亦不能明告等语，经其一言，即可自己决定为赠送矣。候其进早餐后，已将进五时，同赴厂甸。先至火神庙，遇玉器商人陈鹤亭，略看玉器，后至画室数家，大都均正收肆。七时至海王村闻古斋略坐，看赵㧑叔手札墨迹册，索价二百元，又看王懿荣手札册，索价六十元，以上两件均尚属真品。该号有象牙观音菩萨像一尊，去年正月曾商价，未协约，忆索价廿元，经镜湖力主带回，容再续议价值。同赴舍饭寺李宅，因绍蘧今晚回籍，故赶至该宅送行，即在李宅晚餐，客甚多。九时半，绍蘧赴站，未允到站送别，与楚卿、镜湖闲谈，至十二时始归，时风势甚大。二时就寝。

二月二十三日　阴历正月十(四)[三]日　星期二

晴。十时起，早点后作净课。至竹盦书室略谈。午后赴厂甸，在南新华街两边便道上巡视各摊一周，至玉池山房看字画，无甚精妙高贵之品，在路东一临时画店见有邢子愿大屏廿帧，临十七帖纸本，惜太破烂不堪，索价五十元。另一画店见有郭尚先册页，八开纸本，纸白版新，字亦精妙，索价八元。又有徐邻哉良绢本《中堂字体学艺》，索价十五元。后至海王村各摊巡视，拟物色一烟壶盖，无当意者。六时归，终日无所得，甫抵寓，陶镜湖来访，带来姜颖生小条，倩余代为鉴定。认为赝品，劝其不必购，将余所藏各扇面取出，逐件看过，惜非知音者，坐谈至九时始去。晚饭后已十时矣，至竹盦室看其所请铜藏佛，甚好。二时寝。

二月二十四日　阴历正月十四日　星期三

晴。十时起，早点后作净课，与竹盦清谈。午后三时赴厂甸，先至闻古斋，送还前日取来之象牙观世音菩萨像一尊，至南新华街东西两边便摊上巡视一过。又至火神庙，拟请铜佛像，竟无所遇。又回海王村一游，再至闻古斋，略憩，仍至南新华街，见一小英石带木架及一老红木拜匣，一再磋商价值，迄未购成。夕阳西下后，于各摊正张罗收肆时，购得一配对青花白地小花瓶，檀香沙宜兴花盆一对，嵌银丝光漆印色盒及洋珊瑚烟壶盖、小石章等零物。七时归，休息片时。晚饭后与宋旭初、贾钟臣各写一函。濯足。食煮鸦梨后就寝，时已二时半矣。

二月廿五日　阴历正月十五日　星期四

晴，午时后天朗气清，惠风和畅，为近数日来未有之好天气也。今日为上元佳节，得此良辰甚快慰也。午作净课。二时食面。四时赴厂甸，发昨晚所写宋、贾两君之函。至琉璃厂后，遇廿九军军人所搬之高跷一伙，前有武装军人持大刀开路，高跷之后殿以汗船，沿途舞蹈，由南而北进和平门而去。道旁观者人山人海，欢呼如雷，俨然太平景象，亦为近数年来旧京春节未曾有之盛况也。在北新华街书摊上见有《袁氏世范》一部四本，版纸尚佳，索价至低，一元二角，付价一元，尚未成交。又往南新华街，在地摊上购西洋料缸子一个，与年前所购之一个居然成对，此为物色数月迄未遇见者，今竟得之，快慰非常。又购乌木嵌银丝扇骨一把，价四角。又购旧瓷青花璧瓶一只。至悦古斋临时售画处，与该号店员刘久安略谈。后至海王村，购一次等翡翠壶盖一枚。至闻古斋，探询昨日所失之鸡血章一对，昨日余在该号时，经其铺长发现，号内所有鸡血章不知去向。始知系被一同行人不告明而暗中取走，已查出是何人所为。余心始释然，不然余正在该号闲坐，而将贵重货物遗失，纵不能疑及于余，而余自觉不无瓜田李下之嫌耳。稍坐，出海王村，顺便道而北，在书摊上购张文襄公《书目答问》一部。七时归，时已万家灯火，爆竹齐鸣，家家过元宵佳节矣。抵寓略息，八时晚饭，后至竹老书斋清谈，承出示今日所买赵㧑叔手札册页，经余一见，即知为赝品。盖手札之文系照石印本仿造，余久已购有此项石印本，临摹多年，不待细辨，即知其伪。竹老竟以十元买来，余又不便直言其详，只微示如能退还，可以换易他项字画，此册实不甚精云云。惟此册上有老友刘芷洲兄手迹，既有题签，又有注语，且钤其名章多颗，芷洲名文馥。意者此件曾经芷洲收藏欤。惜年来与芷洲不通音问，不知现在税驾何所，无从通讯，一问究竟耳。十一时末濯足。二时就寝。

二月廿六日　阴历正月十六日　星期五

晴，狂风竟日，至夕始息。十时半起，早点由本日起，银耳一碗后再加食牛乳一杯。作净课毕，至竹盦书室，竹兄仍嘱再细为鉴定赵扮叔手札墨迹册。余既认定为临摹石印本，千真万确，何待再审，但又不便即将石印本告其可以写信至津寓索来核对，遂亦慢应为不致为赝鼎，实为违心之论也。午后风仍大，飞土扬尘，为新正以来未有之狂风也。原拟在寓休息，傍晚与慧女写信，谕其将家存赵扮叔手札两种寄来，以备至必要时，交竹盦与其所购临本一对，俾免令其终久不能醒悟也。家信尚未写毕，楚卿来，未坐定即约同往其宅，至则陈鹤亭与另一玉器商人坐候多时矣。得见楚卿家藏之玻璃翠班指一枚，通体深绿，透明润洁，绝无深浅不匀之色，正拟求善价而沽，闻索价十万元，盖现时翠玉碧玺之类行市日长也。十时后，同楚卿至舍饭寺口外看华兴绸缎庄放焰火，五光十色，极灿烂辉煌之能事，观者依然人山人海，西单以北大街及两旁便道无丝毫隙地。昨晚元宵夜。已肇惨案，被挤倒踏毙者，除已见报载之一十龄男童及一十余岁之女孩并其母已被踏毙幸又救苏之三人外，又闻尚有时髦女子二人住花园饭店内。已被挤受重伤，生死莫卜，及另有不知姓名妇孺数人，报纸未经登载。观今日之拥挤情形，不因昨日已出惨案而稍少，可谓贪饱眼福、不怕牺牲性命者耳。看完花盒一架后，仍回李宅与楚卿谈，至十二时始步行而归。食夜点后，二时余就寝。

二月二十七日　阴历正月十七日　星期六

晴。十时起。早点后，悦古斋伙友刘久安来，遂就竹盦闲谈，见前在厂甸所看之刘石庵五言大红库绢对联已送来，闻经闻古斋代为说合，以十元购妥，遂将余之旧藏邢子愿字屏只以两帧嘱其代看。渠观后，对于真伪不敢遽下断语。盖彼等书画贾代人看字画，先有一种成见，对于收藏家收存字画轻易不说是真是精之品，至渠所送来求售者，无论如何必说千真万精，所谓立场不同，不免成见太深耳。至对于余所藏之徐邻哉良所画册页，良心上不好意思再作违心之评判，尚得其不是假的一语赞许耳。刘去后，又一字画店送册页数件来，无可观者，余遂退回余室。午后另与慧女写信（昨日所写的作废）。五时后出门，至西单发家信，至西单书摊一看。六时余赴楚卿宅便饭之约。十时归，阅《大公报》。

二月廿八日　阴历正月十八日　星期日

晴和。十时起。早点后作净课。午饭后三时余出门，赴王广福斜街一品香沐浴。七时浴毕归。八时余晚饭，饭后阅书，阅《故宫周刊》。二时就寝。

三月一日　阴历正月十九日　星期一

晴，春和景明，天朗气清，大有良辰景象。十时起，早点后作净课，阅报。后偶检出日本人白岩龙平明治三十五年所选编之《曾公全集钞录》，此书年前偶于故都冷摊所得残卷，只有上册。据白岩子云绪言云，“钦曾公久矣。及来上海得公全集读之，益知公学术功业所渊源，景慕愈切，窃谓公不独清朝第一流人，实三代以下所希见。全集浩瀚不便携带，乃钞数十篇，日夕讽诵，未尝离身，因校而梓行”云云。曾文正公文章道德事功见重东邻如此，堪为吾国引以自豪者也。午饭后，竹盦约至其书斋略谈，有客至，乃辞出。赴西长安街中央理发馆整容，步至宣内小摊一游，五时余归。傍晚临《张迁碑》三页，赵抝叔行书数行。晚饭后取《归余钞》，朗诵王禹偁《待漏院记》、范文正《岳阳楼记》《严子陵祠堂记》、钱公辅《义田记》数文，以上诸篇均为廿余年前童时所熟习，今日重温朗诵，不禁津津有余味焉。一时寝。

三月二日　阴历正月二十日　星期二

晴阴间。十时起。十一时进银耳、牛乳各一杯。午刻作净课。接王颐忱函附赵毓文说片一件，为其子烦转托刘子明谋事也。午饭后三时余，赴东城西总布胡同五十号访王祝三，谈一小时，楚卿闻祝三存有翡翠班指一枚，托予前往探询，如欲出让，李拟价买，比婉询祝三，知已早经出手矣。由总布胡同至崇文门外西月墙元成顺栈内，探望张子瞻之疾，闻所患仅系腰间作痛，据医诊断是亏症，坐谈移时辞出。常鉴三已于十四日返津矣。在东单乘电车，至西单下，价为铜元廿二枚。北平电车向不惯乘，对于车之路线及何处有站、票价若干概不明了，今日往返东西城均乘电车代步，由西单至东单，费时不过十余分钟，省时而价廉，且车内整洁舒适，不似津市电车肮脏而拥挤也。赴舍饭寺李楚卿宅，经介绍赵空悟，陇西人，现任新五师军需处长。在李宅晚饭，饭后品茗清谈。十时归。临《张迁碑》三页，阅《归余钞》文数首。一时后寝。

三月三日　阴历正月廿一日　星期三

阴，午略晴。十时起，早点后作净课。接慧女寄来《赵㧑叔书札》两册、有正出版。《悲盦手札》两册。求古斋出版。阅报。午饭后未吸烟，食药糖半块，阅白岩龙平所钞《曾文集》内日记类。四时出门，至宣武门小市，逛地摊一周，无所得。进城后，在宣内书摊上见有《侠龛随笔》一册，检视始悉为绍兴陈中岳诵洛所著。陈任天津县长多年，诗名久著，与我乡名流时贤唱酬颇多，遂以三十枚铜元购得。步行而返，今日天气阴多晴少，归途春寒料峭，不似前昨两日之和暖也。归后即展《侠龛随笔》快读，书分上下两卷，合订一册，无出版书店名，亦无定价，盖为自刊赠送，非卖品也，所记大都为论诗之作，间以闻见所得附焉。文笔洁简，颇堪披览。至晚，已阅毕上卷，而下卷亦翻阅殆半矣。晚饭后略卧休息，并习临赵之行书一页。一时后寝。室内上午已停止炉火，傍晚始略升火。

三月四日 阴历正月廿二日 星期四

阴，午后四时后阴云密布，似将雨雪。十时起。早点后作净课，阅报，由早至夕均未卧息。午饭后阅书自遣，临《张迁碑》四页，习行书一页，并阅《赵㧑叔手札》。晚阅《故宫周刊》合订册第二十一册，于第四八九期内见有唐朝女子姚月华所绘胆瓶秋卉团扇一面，画面上钤有张则之一印。据编者考称，张孝思字则之，丹徒人，觐宸子，觐宸隐居不仕，居培风阁，专以收藏法书名画为事，命孝思收掌之，以故孝思日与名贤书画相对，落笔无一点尘埃气，小楷有黄庭笔意，亦善画而兰草尤佳。父子并精鉴赏，与项氏天籁阁相埒，识者以为项氏尚有赝物，张氏绝无云等语。项氏收藏名家，凡书画名迹，一经鉴赏，声价十倍，稍留心艺林者无不知有天籁阁，至张氏培风阁鉴藏之精，其少知之者，故特录之以资考镜。一时后寝。

三月五日 阴历正月廿三日 星期五

阴，朝七时降雪一阵，九时又降一大阵，旋止，报载昨日津门大雪终日云。十时起。早点后作净课。午后三时始卧息。四时余出门，在西单商场门外见白寿山石章两对，一对寸许方，一对五六分方，均有刀工，索价太昂，两对还价三元五角，尚无肯售意。石尚旧润，据售者云，已足够明朝坑矣。在商场书摊购《士礼居藏书题跋补录》一册，为己巳中秋大兴李文禘辑印本，有傅沅叔及余旧同寅徐森玉题署，定价六角，仅以一角购得，又购洋纸信笺四本，每本五分，又购昨今两日《大公报》，即归。临《张迁碑》四页，阅报，晚阅《故宫周刊》第廿一期。二时就寝。

三月六日 阴历正月廿四日 星期六

阴。十时起。早点后作净课。午饭后未卧息。三时出门，至琉璃厂两明轩送刻石章两方，约三四日往取。至伦池斋，知年前购妥嘱寄汉中萧紫鹤《故宫日历》今日始付邮，盖西安邮包虽早已收递，而汉中及甘肃包裹邮局今日始通知照收耳。购第二十册《故宫周刊》一本，按定价八折。又至尚古斋裱画店，送吴石仙、王丹麓山水团扇面各一件，冯文蔚、陆润庠行楷团扇面各一枚，空头裱推方册页，约七八日可以裱妥。赴大栅栏同仁堂前马姓装按烟壶盖，至劝业场一游，满场俱是卖牙片烟俱之摊，此为近二三年来之新现象也。过青云阁，在后门小摊上以一元二角购冯铁珊制斗一对，因刻花尚精细，拟备赠送友人之用者也。六时余归。晚饭后始卧息，阅新购《故宫周刊》数页，临《张迁碑》四页。

三月七日　阴历正月廿五日　星期日

阴，清寒，恐他处今日又有降雪之地耳。十时起。早点后阅报，作净课。午饭后未卧息，临《张迁碑》五页，计九十字。夕时至竹老书室一谈。近两日春寒料峭，今早尤甚，原拟赴东城访王祝三、郭仰宗两君，因天寒未往。晚阅《故宫周刊》第廿一册，于第五〇三期内见有明陆包山治画，天中佳卉一，中堂为一长方花盆，内绘山石一，玲珑透秀，石下四周蒲草丛生，诗塘内沈克明士端书宋人谢枋得所撰之《菖蒲歌》一首，字为行楷，亦颇劲秀。余年来亦颇爱莳昌蒲草，聊备案头清玩，兹将原歌文全录于下："有石奇峭天琢成，有草夭夭春夏青。人言昌蒲非一种，上品九节通仙灵。异根不带尘埃气，孤操爱结泉石盟。明窗净几有宿契，花林草砌无交情。夜深不嫌清露重，晨光疑有白云生。嫩如秦时童女登蓬瀛，手携绿玉杖徐行。瘦如天台山上贤圣僧，休粮绝粒孤鹤形。动如五百义士从田横，英气凛凛磨青冥。清如三千弟子立孔庭，回琴点瑟天机鸣。堂前不入红粉意，席上常听诗书声。怪石筱荡皆充贡，此物舜庙当共登。神农知已入本草，灵均蔽贤遗骚经。幽人耽玩发仙兴，方士服饵延修龄。彩鸾虬凤琪华苑，赤虬玉麟芙蓉城。上界真人好清净，见此灵苗当大惊。我欲携之朝太清，瑶草不敢专芳馨。玉皇一笑留香案，锡与有道者长生。人间千花万卉尽荣艳，未必敢与争高名。”惟撰者谢枋得爵里谊行无从得知，尚待续考，再原画制版缩小，歌文字体细若蝇头，落款处尤较模糊，“谢”字已不能辨识，究竟是否为“谢”字，亦不敢遽定也，均待详考。十一时后濯足，时瑞雪雰霏，地上如银，一时半仍未止。

（天头处记作：顷阅《归余钞》，卷四所选钞宋人文内有谢枋得《交信录序》《却聘书》两首，据谢君小传言，字君直，信州弋阳人，举进士，官江东提刑、江西招谕使、知信州，号叠山先生。又据《却聘书》题下所注云，叠山公遁入建阳，至元二十五年，福建行省参政管如德将旨求人材，尚书刘梦炎荐公，公报以此书，终不行，梦炎公，座师也。按，谢公为宋之遗臣，入元不仕，虽经师友劝其出山，终守节不起，尝见公上程雪楼书有言：“大元制世，民物一新，宋室孤臣，只欠一死。所以不死者，以九十三岁之老母在堂耳。”于此可见，谢公实为忠孝两全之人，再谢公为宋末大人物，余前日读《菖蒲歌》时竟不知其人，可谓孤陋之至。不待检查《宋史》而竟于《归余钞》中得知公之行谊，可见开卷有益，读书不厌其多耳。三月十日，雪，又记。）

三月八日　阴历正月廿六日　星期一

阴，寒甚。十时起。早点后阅报，作净课。至竹盦书室略坐。午后卧息。三时赴护国寺地摊一游，购《四为堂焚余草题跋》一册，内俱景印同光时名人题跋，颇堪浏览，价仅铜元卅枚耳，又购白铜琴式镇纸一件。连日沉阴，春寒料峭，庙会货摊既少，游人亦稀，无可物色。天气甚寒，春风刺面，不能久停，遂买车而返。至西单商场门前下车，略看古董摊，遇前日所见旧寿山石章两对仍未售出，遂又磋商价值，结果以五元代价将两对石章购妥，委因坑老而刀工精细，为不可多遇之章，故终不忍割爱耳。另以洋四角买小章三方。天将就昏，气候甚凉，至稻香村略购食物而归。入室久之，始觉回暖，略息。晚饭后，考辨所购石章篆文，仍有数字无从识认。十二时濯足。一时后寝。

三月九日　阴历正月廿七日　星期二

微阴，午后放晴。十时起。早点后作净课，阅报。午后三时，赴报子街东口刮脸。赴李宅，楚卿尚未起床，与朱耀东、朱壶山略谈，并与壶山讨研昨日所购石章篆文，惟据壶山所辨识亦不甚悉合。五时余赴琉璃厂两明轩取镌刻之石章，尚未刻成，托该号转找一锦匣工人来，交做仿旧锦图章匣一个，价洋八角，约后日往取。又选择白铜墨盒多方，拟购一素面者，一丹托竹盦画山水画片一幅，画成后再由该号照刻，将来做成后，定必较墨盒店刻花者为雅致耳。至中华书局购《国语》，据云已无此种存货，询预约之《辞海》，据云已出版运到，此书余年前在津定购预约，应须俟返津后往取也。买车归，已七时，略息，晚餐。临《张迁碑》四页，计七十二字，又习赵行书一页。午后与王祝三及郭仰宗如夫人通电话，均约明日往访。

三月十日　阴历正月廿八日　星期三

晴。十时起。早点后作净课，阅报。至竹盦书房小坐，并请其鉴定前日所购之石章一小对，甚蒙嘉赞。午后赴东城访王祝三谈，至五时半辞出，再访郭仰宗，略坐片时辞出。往返均乘电车，既省时间且较经济，当此春寒风峭之际，尤觉比乘人力车免去寒风刺面之苦。王、郭两君十余年前均为人海中得意胜极一时之人物。祝三于民十四五年间经营印刷事业，代河南省银行印刷钞票一事即发财数十万，彼时挥金似土，生活阔绰，俨然富翁，此生已不愁纳福终生。不意近数年南北睽隔，轻不会晤，此次在平，两次造访其居，不但门前冷落，大非昔者，而且居室生活已形简陋，人亦颓唐异常，虽未及深谈近年景况，观察举动，恐已变入窘境。仰宗中年亦曾属任大差，炫赫一时，近在冀察政委会充一科员，月薪不过百元左右，僦居一室，环堵萧然。二君年均望六，老境如此，无独有偶，余于归途车上不胜令人兴老年返处厄运之感，及抵寓后，仍怆然不能去怀。晚饭后，临《张迁碑》七十二字，行书一页。

三月十一日　阴历正月廿九日　星期四

晴，午前有风。十时起。早点后作净课，阅报。午后在竹龛书室清谈，闻渠昨曾访卜者邓瞎子占卦，其说尚验，余不觉心动，遂亦往占。邓瞽者寓宣内国会街，其居正在宣武门城楼下，一进国会街东口高土岗子上。自经《实报》王柱宇竭力揄扬后，声名大著，每日访者户为之穿。其法由占者抽一竹签，上有干支字二，余所掣之签大约为庚寅两字，据断言，现时宜静不宜动，动则必败，诸事谨守，万勿进取等语。语毕，再问余系问何事，余以谋事能否有成对。当答谓现时有事，只宜暂守，万勿远行另图，纵有既成之事，若前往亦必变空，绝难成为事实。旋又问现在年岁，据实告之。又言近四年来，四十三某月不佳，四十四岁亦不甚好，四十五即比前两年略好，今年流年又较四十五更好，已属上上景象，今年三月定有可成之机，三月不成，四月亦必准成云云。余当付课金贰角而出。其言甚简，三言两语戛然而止，似无揣测问者心理、迎合奉承之习，所言验否，姑且拭目俟之而已。至南闹市口前老莱胡同七号竹龛新购居宅，地点实嫌偏僻，房子太旧，已破败不堪，应须较大工程修理始能居住，惟占地甚广，庭院宽阔，是尚可取耳。出宣武门，在小市内购青花白地瓷壁瓶一个，价值贰角。赴琉璃厂两明轩取定做之锦地图章盒（价△）、新白铜素地长方墨盒（价洋△元），所刻昌化小对章，因袁润九三字阳文章，润九两字章法太怪劣，实不能用，当令其磨出重刻。又此次所刻之一对昌化石章，一端微带少许淡红色，刻者及两明轩铺伙均认为鸡血石，而按刻鸡血石章润例计费。鸡血石每字六角，普通石每字二角。经余详加解释并非鸡血石，始允按普通石计润，殊可笑也。六时半进和平门，拟往舍饭寺李宅，至西单临时改变作罢，返寓。归后始悉李楚卿曾来相访，将去不及片刻。晚饭前后均至竹屋畅谈，并托交渠代绘铜墨盒。十一时濯足后寝。

三月十二日　阴历正月三十日　星期五

晴。十时起。早点后作净课，阅报。今日为孙中山先生逝世十三年纪念，全国下半旗，停止娱乐一日，北平各学校亦有放假者。午后三时往西四北大红罗厂访刘宇民，当即延见。宇公自去年春夏患病，半年有余，至今仍未大痊，貌甚清癯，乍见不复能识，而相貌大变，与本年面目大异其形，正如俗谚所谓抽骨换胎者耳。谈次言及交阜东引岸事，宇云渠个人并非股东，是以宋旭初兄所托之事与渠无谈洽。闻悉其令弟子明近已来平，余露对此有出任调停之意，宇极口赞成，嘱余访子明谈商。又谈及其近年命运事，据云，去年运数为极坏，所以丁忧之后，又撄大病，今年已交好运，明年为四十五岁，当大好。言外颇有静久思动，大有重再登台活动之意。问及余之年龄及气运，余答，据八字亦云须俟明年方能大好。渠云，凡在一起共事之人，其命运大抵相同。余亦谓公之若行好运，吾辈当然同有光荣，宇甚以为知言。四时半辞出，赴舍饭寺李宅，惟时狂风正起，尘土飞扬。至李宅与楚卿晤谈多时，晚饭即在该宅用餐。餐后，渠等拟作北里之游，余不欲勉陪。九时半归，归后习行书一页，装订黄荛圃所著《士礼居藏书题跋补录》一本。二时休息。

雪盦日记　乐

起廿六年三月十三日讫七月二日

三月十三日　阴历二月初一日　星期六

晴。十时起。早点前食配成之若素五囊，此为第一日起服，疗除痼疾也。作净课，阅报。午饭前又食三囊。原拟赴东城汪芝麻胡同访刘子明，路远恐过劳，作罢。三时后赴舍饭寺李宅，与镜湖通电话，托其加入初三日楚卿生日公份，与楚卿晤谈数□即出。至西单商场迤北书摊上，见有李越缦所著《萝庵游赏小志》一册，为番禺沈氏《晨风阁丛书》铅印本。全书仅廿叶，通体曾用朱笔圈点，归后翻阅一过，所加圈点尚属妥当，似出通人手笔，书皮所题签识字体，秀润不俗，尤可喜也，索价仅一角，未还价即亟照付购得之。另一摊上见有听松阁版《六书分类》残本，只余下函六册，白纸大本，书品印刷均绝佳，仅费洋六角五分，尚附有武英殿聚珍版《汉官旧仪》一册耳。五时归，竹盦代画墨盒已成，亲自送来，并约赴西来顺便饭，同座客人除其同乡友人史祝香外，尚有其男女公子各一人。九时归。十一即寝。

三月十四日　阴历二月初二日　星期日

晴。夜四时醒，身上觉燥，极不舒适，遂又食药囊三枚，始又入睡，至今早十时起。早点前服药五囊，未大解。友梅来托写兰谱，并谈许久。午饭极开胃，较平日略增。友梅坚约赴新新戏院看戏，三时余往听《盗御马》一出后，程砚秋之《金锁记》甫登场，因院中空气不佳，温度又高，不耐久坐。遂出赴陶宅，与镜湖商订送李楚卿寿日公份事，稍坐即辞出。赴琉璃厂两明轩送镌墨盒并取图章一对，即彼等误认为鸡血石者，今日仍按普通昌化石收润也，所镌墨盒约阴历二月初六日往取，遂归。晚饭时食药五囊，作净课，写兰谱，略阅书。十二时食煮梨，又食药三囊。十二时半即寝，夜内极安适。

三月十五日 阴历二月初三日 星期一

晴。九时醒，又三刻起床。早点食药囊五枚，大解尚畅。作净课，阅报。风甚大，尘土甚重。午饭食药囊三枚，饭后至竹盦看画山水一幅。四时赴中央理发馆剪发。五时半赴李宅，为楚卿祝嘏，贺客已毕集。六时大风更剧，天为之昏暗，今日天气本极燥热，楚卿客室温度太高，又因宾客吞云蔽室，余为室内空气所窒，又加人多屋热，汗出额上不已，食点心后即不辞而归。返寓后静坐片时，神清气爽，汗止体适矣，遂作隶课四页。晚饭后与家中写信，告疗疾近况，约十日左右返津。十二时濯足就寝。

三月十六日 阴历二月初四日 星期(三)[二]

晴。十时起。早点时食药五囊，大解照常时。阅报后作净课。午前后风甚狂，气温亦大降，有似严冬，四时后风略息。赴舍饭寺李宅，楚卿尚未起，与朱壶山、朱耀东略谈遂出。至西单发王颐忱复函，盖今早又接渠函，托为再行函恳张凤山谋津市裕丰纱厂事也，附致张君一函，嘱其由津邮递或面呈。购红格本一本，在同懋增南纸店见有贾姓篆刻图章样本一份，所治各印尚古茂不俗，石章每字润例三角，价亦不昂，容留托治数印。至菜市一游，购王瓜一条，几与小贩冲突，甚无谓也。乘车返，作隶课尽四纸。晚饭甚饱，饭后步行多时始适。晚补抄十三、十四、十五日日记，伏案作书，经两小时尚不觉疲。服若素日药，立志戒除嗜好以来，倏经四日，经过总谓良好，饮食起居以及大小解均感舒适，每日分四次服药，统共食药十五囊，三号小囊。连囊共重一钱，内有四分之一烟，合重不过二分五厘，持以坚绝之心，此次必期达根除目的。十二时食煮梨,即就寝。

三月十七日 阴历二月初五日 星期(四)[三]

晴,仍寒。午前作净课,午后日来精神甚好,服药饮食均如常。

三月十八日 阴历二月初六日 星期(五)[四]

晴。起后作净课,阅《实报》载,胡蕴璋发表为大兴县长,私意如该县府设在北平市内,县府差虽清苦,但可以就近在平代为帮忙。午后至楚卿寓,经闲谈及之,楚允道(城)[地]。

三月十九日 阴[历]二月初七日 星期(六)[五]

午后至楚卿宅,始知今晚楚卿、镜湖、栋丞诸君共请胡以皮县长,余临时加入主人。与胡晤面后,渠开口即云,已听楚卿说过,请老哥帮忙。余谦逊不遑。少顷入席,饭后得闲与楚卿略谈,报告胡已与余直接道及相约之意,略坐即归。

三月廿日 阴[历]二月初八日 星期六

午后楚卿来,谓已经胡君托其代约余任大兴县秘书兼第一科科长,并问余能否担任司法事件,余答以无此经验,稍坐即去。

三月廿一日 阴历二月初九日 星期日

晴。九时起,早点后作净课。十一时出门,至长安街中央理发馆整容。十二时至李宅,楚卿尚未起,稍坐即归。午饭后又往,楚卿仍未起,坐候许久始起,胡以皮君亦至。经楚卿与胡在外室接谈结果,旋经胡君入室,当面恳切面约明日同往接印,当答以恐才力不胜,尤其是县政府的事,从未办过,如一时无相当妥人,只可暂往帮忙数日。盖余未与楚卿接头以前,不便遽行答应也。少顷,得闲与楚卿密谈,云已无问题,明日可以同往。八时至西单,取刻名章及名片,即归,晚早休息。

三月廿二日　阴历二月初十日　星期一

阴。七时起，盥漱毕，进早点。八时余赴北池子骑河楼廿三号胡以皮公馆，至则尚无出发准备，坐候至十一时，始同胡公及其同学友人崔景南君共乘汽车出城，约行二十余分，抵永定门外大红门大兴县政府，府前已有保安队及警察队守候。进府后，前任县长宋君河南人。率旧属欢迎，坐谈片时，前任派人送交县印一颗，赏洋四元，接收印由科循例办红告。惟新任事前概未办差，一切均无准备，即茶壶、茶碗及厨房亦均无之，忍饥耐喝达一日之久。至四时后，天气转寒，又无煤火预备，余实不能再忍受此种饥渴交加及挨冻之苦，当即藉铺盖尚未送来为词，遂乘人力车进城，至天桥改乘电车，至西单，甫经下车，即入西湖食堂取暖并吃饭。饭后至楚卿宅报告经过，表示婉辞之意，经楚卿一再劝驾，暂允委蛇数日。九时返寓，休息时已降雪纷纷矣。

三月廿三日　阴历二月十一日　星期二

阴。早六时醒，看窗外大雪纷飞，屋瓦皆白，平地积雪，厚已盈尺，不能出城，遂又安心再睡，十时始起。早点后照常作净课，休息终日，不能出门。雪至四五时始止，微放晴光，院中积雪已二尺深矣。与竹老闲谈，晚风势甚急，吹散屋上积雪，纷纷坠地。阅《曾文正公集》以自遣。九时余濯足。十时半就寝。

三月廿四日　阴历二月十二日　星期三

晴寒。早闻风势仍大，故延迟至九时半始起，因风大天寒，有如严冬，又加道途泥泞，决不出城，拟与胡公写一函托疾请辞，并派人取回行李。正缮函间，李宅忽来人送信，谓胡县长有电话来请即时到府，当即允，俟午饭后前往。一时半用午饭，二时前往，仍由西单乘电车，至天桥改乘人力车，于三时余到县府，胡已进城拜客。与崔景南、王守文及收发刘君会谈，始知合府佐治人员均已发表，余为秘书，崔任第一科科长，王任第二科科长。刘收发即代余张罗住室，未及候余同意，即将行李饬差代为打开铺好，只可姑任摆布而已。询悉，致民政厅函报接印稿尚未拟办，当即代拟一稿，置放县长办公案上。四时与李宅通一电话，告知决定六七时仍进城。闻府内厨房甫经觅来，今晚不知能否开饭，于六时余乘人力车进城，至舍饭寺李宅，胡公已先至，当与略谈少顷。得闲与楚卿详商进退意见，余请楚卿向胡公表示：县府经费有限，秘书可以请第一科科长兼，区区县府亦无单设秘书必要，若胡为对兄情面计，我即立刻辞谢；若为求才起见，尚可勉代帮忙，惟只允纯尽义务，不受酬报，不过藉此交他一位朋友，以备他日地步。再者，现在天气甚寒，暂不迁入衙门下榻，每日早去晚归，将来如能长期任事，亦俟天气大暖再行迁入。缘胡之为人，性太俭吝，所约幕宾住室及办公室，如此天寒，概未升火炉，既不便明言嫌室冷，只好说俟天气暖和再迁入居住耳。以上各节，请其于今晚转达，以定去留。八时偕梅赴西湖食堂便饭，饭后余独先归，令梅仍返李宅听候回音。十时梅返，谓楚意仍令明日照常到府。十二时就寝。

三月廿五日　阴历二月十三日　星期四

晴。九时起，气候甚寒，经考虑，仍以不就为是，饬袁凤琪出城至大兴县政府取行李，并写说片。至十二时，胡公与李宅来电话，仍请速到府，行李不允搬回。午饭后，赶即赴楚卿宅商洽，结果楚仍劝帮忙，余遂要求先回津一为料理，楚卿云，须兄亲自到府与胡公面谈。当即出城与胡公详谈并解释明白，始允回津。三四日在县府共进晚饭，饭后帮同胡公料理公文。六时后一同进城，径赴李宅，楚卿有应酬外出。八时又在李宅食晚饭一次，饭后返寓休息，决定明日下午返津。

三月廿六日　阴历二月十四日　星期五

晴。九时起，寒甚，作净课，又派袁凤琦[①]赴县府取行李。饭后与竹老话别。三时赴站。四时开车。五时五十分到总站下车，雇人力车回宅。七时到，知宏儿患病，似春瘟，服校医所开清解方两剂，已渐愈矣。晚饭后，阅萧紫鹤来函三件，赵品澄函两件。又阅《国闻周报》等杂志。身上略觉疲倦，十二时寝。

三月廿七日　阴历二月十五日　星期六

晴。八时半起。九时至佛堂作十念。早点后阅报。午饬刘二电召慕韩，据云未在家，近日银行正放春假，想慕韩赴平旅行矣。二时出门，至仁义兴还紫鹤银耳价三十五元，至文华斋刻牙章方，每字二角，镌余别字，备县府钤盖公文用，缘此次委令系用字也。赴新园沐浴、理发、捏脚，至七时始出，时春风料峭，砭人甚寒。晚与楚卿写函，告其星期二方可返平，补写日记数页。十二时寝。

三月廿八日　阴历二月十六日　[星期日]

晴，午前有风甚狂。八时半起，早点，作十念。十一时赴西头老宅，甫一入室即听二姊报告五姊家事，扶南甥妇又与公婆大吵而特闹，杰臣姊丈无法应付，用长途电话叫扶甥由蠡县赶回，携其妇至外县过活，业已说定，已有日携走矣，忽因雪阻滞留。扶甥妇泼悍不知礼法，按之新旧礼教均大说不下去，不受婆母教导，而且时加虐待，万无同居之势，尤其不畏人言，不守礼法，虽戚族长辈亦不稍有顾恤，真古今中外少有之悍妇也。慕韩未赴平，略谈近事。在老宅用午饭，叫扶甥，经余加以训饬切嘱，接妇外出后，必须按月为其父母寄钱赡养，渠允每月寄洋十五元。二时半回寓，时大风仍烈，整理书籍及检应带

---

① 袁凤琦，前作“袁凤琪”。

之书。五时半出门，至中华书局取预约之《辞海》上册，并选购《饮冰室合集》单行本《国学指导二种》，又至直隶书局购“政治月刊丛书之二”《县政问题》一册，购珠兰茶二两，即归。晚阅《县政问题》数页，该书辑录关于研究县政文章十篇，类皆从实际上研讨，尚非空泛议论，附录中央及行营颁布之《县长须知》《县自治法及其施行法》《收复匪区新设县治建置大纲》《剿匪省份各县府裁局设科办法》等法规，尤可足备参考。本日《大公报》第十版载，冀省十七区专员公署于四月一日成立，专员公署甲等月支经费一千元，乙等月支八百元，丙等月支六百元，并指定第二、第十二、第十三、第十四等四区为甲等，第一、第五、第六、第七、第八、第十、第十一、第十五、第十六等九区为乙等，第三、第四、第九、第十七等四区为丙等云云。

（天头处记作：此为本月廿九日《大公报》新闻，误记入廿八日内，特注。）

三月二十九日　阴历二月十七日　星期一

早晴，午后阴。八时半起，至佛堂作十念。早点后阅报，与紫鹤写信尽十纸，盖答其二月十五及廿二又三月十五日各函也。午饭后出门，至意租界访常鉴三，不遇。又访刘子明，据阍者云，已赴南京，约清明节前返津。又至崔竹亭寓，据云，回芦原籍未归。过渡口，至品澄寓，谈半时，辞出后赴法租界佩文斋，购红格本二册，每册一角，至文华斋取牙章，所镌文字大不满意，甚俗劣也。拟赴城内访宋旭初，因天已晚，即归。张三甥来。晚饭后补写日记。九时慕韩来，并带来《送赵汉卿祭幛》一轴，汉翁于阴正月遽归道山，已接讣文，于四月二号发引也。与慕韩商今春修理茔地事，据慕云，今春仍须小修，恐前昨两年所修稍有倾颓，围墙之事，清明前后尚须补葺。余令慕侄与看坟地人商办，慕韩十时去。客岁在平见厂贾与竹龛送鲍桂星所书扇面一件，书法秀劲有度，望而知为翰苑中人，竹老不甚知其人，余亦记忆不清，曾于一月十三日日记略载，俟返津查考。顷阅今日出版之《国闻周报》第十四卷第十二期,《凌霄一士随笔》云以出题割裂而被讥嘲者,鲍桂星为最著,后鲍而有同病者为俞曲园。鲍、俞皆曾为河南学政,出题试士,割裂贻讥,亦均在河南学政任事,鲍督学河南所出怪题,士子逐题作诗嘲之,《两般秋雨盦随笔》备载全诗,《凌霄一士随笔》已加引录,兹不赘钞。至鲍桂星究为何时人,仍不甚明了,当检人名大辞典,始悉为歙人,字双五,一字觉生,嘉庆进士,累官至工部右侍郎,中蜚语落职,宣宗即位,以编修召,历詹事,卒官,性质直,敢任事,邃于文学,初从吴定学诗、古文,后师姚鼐,有《进奉文钞》《觉生诗钞》等著述。至是始将鲍桂星爵里、姓字及佚事知其大概矣。十二时就寝。

三月三十日　阴历二月十八日　星期二

晴,天气已转和暖,不似前数日之春寒。八时半起,盥漱毕,作十念,阅报,将菖蒲三大盆、一小盆均剪叶,照例于春分节剪叶,因春寒特甚,故过春分已数日,趁今日晴暖剪之。午饭后,于二时余出门,赴大陆银行取洋百廿元,赴玉兴公司访常鉴三,闻悉,刘子明此次南下系奉陈雪轩电召。陈有出主赣省,刘有财长消息,与鉴三约定,俟刘子明有何消息,随时通信而别。四时半到宋旭初宅,旭初与谈其引岸租约事,经过甚久,现已交涉稍具端倪,将来立约,有倩予作中证人之约定。六时辞出返寓,晚慧女由王宅归。闻郑十三爷有约予一谈之说,晚饭后于八时,访之于天海路私寓,正值其姨甥妇康慰霖夫人在。慰霖为富家子,与予为总角交,且又同校于放生院小学堂。慰霖继承先业房产多处,年坐收数千元,不数年间家产荡然,现仅栖身于一间破屋中,家徒四壁,又染毒品嗜好,近因积欠房损数百元被财政局函谈、警察局羁押,其夫人正往郑宅请求营救。以巨大财产,若安分守成,一生吃着不尽,无如吃喝嫖赌、任情挥霍,一至此步,闻之恻然凛栗。与郑谈次得悉,现正有一实业事拟为予推荐,予表示感谢,临别约定随时通信商酌。九时余返寓,检点衣物备明日回平。十一时余寝。

三月三十一日　阴历二月十九日　星期三

晴。午前收拾行李衣服，并检点书籍，以备下午回平。午饭后略休息，剪菖蒲三盆。三时派刘二送行李，并带万年青十把至车站，余亦随行，甫出门上人力车，天忽阴云上升，狂风遂起，且夹雨点，幸至东马路雨止风息，抵东站车已入站，遂购票登车，天已放晴。六时余抵前门车站，柏甫侄已在站恭迎，遂出站。余携零星物件雇车回寓，其行李由柏甫带其行内暂存。抵寓后晚饭，后即携万年青送至李宅，楚卿备言胡县长相待甚殷，急盼早日旋平，并曾表示钦佩之意。余当告知楚卿，论势实不能即回，委因胡君情意殷殷，不便固却，因而如约而归，暂代帮忙，但恐不能长久效力，不知何日另有他处机会发生，势非前往不可。因楚卿、镜湖有人约赴长安戏院看戏，十时余归，濯足后就寝。

四月一日　阴历二月二十日　星期四

晴。七时半起，早点，大解后八时半出门，至西单乘电车，至天桥改乘人力车出城。九时半抵县署，胡县长尚未到，崔、王诸君已开早饭矣，又与余另备一菜一汤，于十时用饭，胡公至。因有韩国人二名来县交涉青云店民人债款，已赶与省府办代电呈报，又办布告稿，未发，忙碌多时。下午四时，略用晚饭。今晚六时，县长在东安市场森隆饭店宴请大兴绅士，十余位到，韩善庭增庆、高华亭续荣、石桐为殿斌、杨英甫庚嘉、金诒厚、白常文、陶润波及县府同人高桐[①]云凤、李希曾、舒德寿、范仁甫，胡县长任内只余一人，崔、王两科长均未到，席间欢谈甚畅，至九时余始散，遂归。

---

① 高桐，下文作“高桐斋”。

四月二日　阴历二月廿一日　星期五

晴。七时半起。八时半赴县署，九时三刻到。午后发家信一件。七时余始与胡县长一同进城，径返寓休息。

四月三日　阴历二月廿二日　星期六

晴。七时余起。八时余出门往县署，十时到，忙碌终日。午饭后，于五时进城，今晚六时大兴县众绅士回请，进城后先至柏甫侄处略坐，见祁实甫、翁叔平楹联两付。翁联既真且精，纸白版新，祁联虽属真迹，但地子太黑，两联均柏甫友人由山西带来送柏甫者。六时半，赴撷英大菜馆，赴绅士之约，席间并讨论公事，至十时始散，被胡公约同赴楚卿宅商谈公事，至十一时始归。

四月四日　阴历二月廿三日　星期日

晴。九时余起，休息半日。午饭后至李宅，约楚卿、朱耀东同赴西单南万聚园沐浴。七时出，至李宅晚饭，晤曾啸宇。十时归。十一时余休息。

四月五日　阴历二月廿四日　星期一

晴。九时出城，十时至县府。今日为植树节，十时半，县长率全府职员、保安队、警察官警及村立小学生，在县政府迤东举行植树典礼并摄影纪念。前、昨两日督饬警队在大道两旁及县府东共植杨树七百余棵，各机关均放假，县府因公务甚忙未放假。晚七时始进城，略疲倦，十一时即休息，发与宋旭初兄函，托代筹索盐店镇门事。

四月六日　阴历二月廿五日　星期二

晴。八时三刻出门，九时三刻到县府。昨日为清明节，昨、今两日，每行至永定门外路上，见持纸钱上坟者络绎于途，余因职务羁绊，未能回津祭墓，每见上坟之人，不无心驰。到府后，即赶办韩国人在县境大红门村营立坟墓并建房之案，此为前两任积未解决之事，经现任于数日之间已办有眉目。午后狂风大起，检察厅派检察官、书记官等于四时到县，检验前日由外镇解来被事主枪伤到县不久即毙之绑匪一名，验毕，即用苇席卷出掩埋。六时进城，至柏甫处，又食饭一顿，谈甚久，并取来翁同龢、祁寯藻对联各一付。九时归。十一时余休息。发常鉴三一函，接王颐忱一函。

四月七日　阴历二月廿六日　星期三

晴。七时余起。八时三刻出门，十时前到县府。八时余归，人声鼎沸，杂以哭声，入院始知噪闹原因，当经压服下去，不意以自命读书人而出此无理丑态，始而气郁不舒，继念不能同一见识，惟有速谋远避之策。十时余即睡。

四月八日　阴历二月廿七日　星期四

晴。十时到县府，公事无多，胡公交代拟复函多件。接宋旭初兄一函。由今日起订阅《北平晨报》一份。七时余同胡公进城，至舍饭寺李宅，黄溥泉晤谈，少选，竹盦至，余与谈笑如常，察其面颇形自愧，余对之似昨晚事若无其事者然，坐许久，竹去，余与楚卿备言昨日事。十一时始归。

四月九日　阴历二月廿八日　星期五

晴。十时到府，即拟接收南苑地方行政及捐税事件呈稿，少顷脱稿，胡公至，核定后交缮。午后代拟私函稿五六件。七时进城，食炒馒一碗。十二时寝。

四月十日　阴历二月廿九日　星期六

晴。十时到府，批到文数件，接见采育镇警区李巡官。午后，胡公已将两日所代拟之函稿发下，甚承嘉许，并以老公事奖赞，遂谈及书法事，胡即出所藏《张猛龙》《乙瑛》《韩仁铭》《圣教序》各碑帖拓本，均尚精湛。与宋旭初兄及宏儿等写信各一件。五时偕崔景南进城，至撷英番菜馆，应前任宋润甫县长之约，同座有其秘书冯震远云龙，科长匡步周联吉，收发高念祖希曾。八时散，进城时狂风大起，飞土扑面。十一时寝。

四月十一日　阴历三月初一日　星期日

早阴，有风，午后转晴。九时半起，早点后作净课，发昨晚与王颐忱所写复函。午饭后，至竹盦书室一谈。二时偕梅赴烂缦胡同，访卓月波，已外出，候片刻归，同至七十二号张宅看房，尚轩厂洁净，托月波议价。四时至西单南万聚园沐浴理发，九时余始归，晚餐。服务六日，得此一日清闲，觉身体爽快异常，晚间精神仍旺，毫不觉疲，统计一日服药十粒。十二时寝。

四月十二日　阴历三月初二日　星期一

阴。八时起。九时出城，十时余始到县府。天阴甚浓，寒候又凉。批到文廿余件，核一科稿廿余件，拟电稿一件。午后二时余小雨，继以冰粒，不久即止。五时半进城，见郊外沿汽车路两边绿树发芽，春雨之后，气清爽快，柳条遍新，春色弥野，畅人心目。进永定门，小雨又作，急登电车，天桥一带道路泥泞，行人稀少，至西单雨又渐止。抵寓后，由七时至十时余，雨又渐大，继以风声，春寒颇剧。阅昨今两日《北晨报》，接王颐忱函。十一时寝。

四月十三日　阴历三月初三日　星期二

阴。昨晚大雨，至午夜始止。今日报载，平津及冀豫并各省皆已普遍甘霖，时当仲春，时雨霑沛，殊于农事有益。九时余赴县府，城外绿柳吐絮，一望新翠，空气备极清新。到府赶即筹备明日县府所招集之县政会议议案，披阅收文十余件，代拟函稿一件。接常鉴三复函，云陈公事不过迟早问题。午后与刘子明写信，询来平日期，即发。五时半进城，晚饭。写致莲池讲学院一函，索讲义样张及简章。阅《北晨报》载，王宠惠就代行政院长后对职员训话，略云本人奉命代理院务，今日与诸同仁首次见面，特将本人希望两点简单说明：（一）希望院长早日恢复健康，俾一切政务有所秉承，并慰国人之望；（二）希望诸位同仁，一秉院长服务精神，在院长请假期内更加努力工作，提高行政效率。行政效率之提高，一为合理化，一为经济化。所谓合理化，即减少办事上之繁复手续，处理事务务求简捷迅速。所谓经济化，除金钱方面应节省不必要之开支以俟国防及经济建设外，时间经济亦极关重要，世界科学之进步，其同一目的即在以极少之消费或劳力，获得最大之效果，行政上亦复如此。吾人服务国家，应尽个人最大之努力，今日之事应于今日做毕，不留诸明日，并应时时求进步，打破旧日维持现状心理等语。行政院长蒋公因病请假，以至暂代，王公本为外交界名宿，以上训话对于原任院长及全员僚属措词均极得当，真不愧外交家词令也。整日天气极寒，晚九时又有风。十一时寝。

四月十四日　阴历三月初四日　星期三

晴，风甚大。今日县府招集县政会议，大兴巨绅白浣亭[①]先到府来拜，谈悉白君与王鹤年为亲家，又与王祝三及刘宇民、子明昆仲均至好。白君曾充国会议员，虽问地方事，人尚公正和平。因风大，各乡区士绅到此较迟，延至下午三时始开会，最要议案为遵奉省令由本年上忙开始粮赋附加，因为河北省通案各县已多实行，大兴县奉令已经数月，前两任均未实行，且因此县长皆受处分，今日竟得无甚讨论而通过。按大兴县每年粮赋一万三千两，至多可收。七成合九千一百两，每两附加四元，约计每年可收三万余元。至六时散会。七时余进

① 白浣亭，后文有作“白焕亭”，交互出现。

城，至李宅，托朱壶山代萧雨三写对联，胡县长亦到。十一时归。

四月十五日　阴历三月初五日　星期四

晴。公事无多。五时进城，至柏甫处吃锅贴。饭后八时，赴东四北汪芝麻胡同八号访刘子明，谈陈雪轩有信外任江西主席，经过及前次陕变情事甚详，谈至十时半始辞出，探询宋旭初引岸事，子明语气甚坚决，对旭初方面要求加价事，除已允之三角外，无再多加意思。十一时归。

四月十六日　阴历三月初六日　星期五

阴，午前暖，已可不穿大衣。十二时左右，狂风大起，沙土蔽空。下午三时，接宛平专员公署林君电话，知大兴县第四区白新庄请愿民众已到专员公署请愿，并告妥慎处理，因风势正大，由卢沟桥至县府电话时被风阻断，故感听不甚清之苦。五时，省府派参议陈庆云来县，协助处理大红门村韩人营立茔墓一案，因传韩人不到，遂无结果，当晚返保覆命。余于六时进城，至柏甫处取大衣，即归。晚与宏儿写信，告其本星期六不克回津。十一时寝。

四月十七日　阴历三月初七日　星期六

早阴云密布，颇有雨意，天气亦殊寒。九时半出城，东南风迎面而来，甚寒。十一时，风又渐大，终日不止，至六时始煞。胡县长定明日十二时在县府招集保安队训话，即时裁汰一中队，又定下星期一出巡各乡区。六时进城。

四月十八日　阴历三月初八日　星期日

晴。午饭后先至西单一带闲游，在地摊购王百谷《谋野集》残本一册，洋纸铅印，版殊不佳。至李宅，今晚朱壶山在李宅宴客，余因事婉谢，与楚卿略谈。赴万聚园沐浴，八时返。晚餐后，与竹盦略谈觅房迁居事。

四月十九日 阴历三月初九日 星期一

阴。到县府后，胡县长已偕郭专员及随员警队下乡矣，呈报省府，委余代拆代行。

四月二十日 阴历三月初十日 星期二

未记。

四月廿一日 阴历三月十一日 星期三

定今日吉日，为迁移烂缦胡同三十七号[①]张宅院之日，先搬移花瓶，并于本日起租。

四月廿二日 阴历三月十二日 星期四

未记事。

四月廿三日 阴历三月十三日 星期五

晴。实行迁居。晚应警察局警官王心正、保安队副张介斌致美楼之宴。

四月廿四日 阴历三月十四日 星期六

阴，早并小雨，午略晴。未赴署，午后搭四时特快车回津，杨村以北天气晴朗，过此以南即见阴雨。至津站，阴云仍布，询之车上人始知，天津由昨晚细雨至今日午后五时始止。东站下车，见道路尚泥泞，搭电车至东南城角，改乘人力车回家。

---

① 四月十一日日记作“至七十二号张宅”。

四月廿五日　阴历三月十五日　星期日

晴。午饭后至新园沐浴。五时赴宋旭初宅，谈悉渠与阜东昌续租引岸事已解决，惟与其侄长馥家务及分款事尚未解决。晚饭后，随鹤孙、高少峰赴河北访长馥磋商支配一万三千元事，因双方各执，迄未妥定，延至十一时始辞出，至家已十二时矣。

四月廿六日　阴历三月十六日　星期一

晴暖。早点后与宋旭初写信一件，请其对于分款事加以考量，以免争执不决。十一时赴大陆，取洋一百廿九元，备付津寓房租。一时午饭，长馥来访，谈一时，至三时赴车站，在车上晤殷季衡，谈甚久，并留通讯处。六时三十分抵平。晚卓月波来谈。

四月廿七日　阴历三月十七日　星期二

晴。九时赴署，公事甚忙。六时归，收拾书室。

四月廿八日　阴历三月十八日　星期三

晴。九时出门，老田送去，费时仅二刻余。六时归，疲惫甚。十时余休息。

四月二十九日　阴历三月十九日　星期四

晴暖，棉衣已不能再御，多已换夹袍矣，余因早出晚归，仍着薄棉。早饬老田种洋牵牛花两池。公事甚多，因改一科呈第三区专员公署稿甚触余怒，忿将已改之稿撤销，全府殊少明公事者。由署返寓仅需时二刻钟也。晚补写十余日之日记。

四月三十日　阴历三月二十日　星期五

晴。九时出城，连日天燥气干，稍有风即尘土飞扬。到署后公事甚多，终日未得休息。六时归，闻小唐来，今日发薪，四月份薪水。

五月一日　阴历三月二十一日　星期六

阴。公事无多，午后阅财政厅所出版之《财政研究》，有《行政诉愿》一文颇堪研讨，又阅省府出版之《河北》，有《张文襄公全集》未收之文数首，遂加点阅。午后狂风大作，飞沙走石，天空尽黄。五时随胡公、王守文两君进城，应全民报社社长李颖荪君之约，在报社便饭。进城时正值北风大作，车行永定门几不能前进，尘土满身，又经雨点数下，以致风尘满襟，六时抵报社，风亦渐息。八时入座，余因在署已用晚餐，略饮酒一二杯。饭后，主人提议作北里之游，余因人多，婉辞而归。

五月二日　阴历三月廿二日　星期日

晴。九时起。早点后作净课，与萧紫鹤作书，复其上月致津两函也。十二时余午饭。一时余赴万聚园沐浴，因无官座而出。赴舍饭寺李宅，至则楚卿睡眠正酣，未肯惊动，稍坐而出。时正骄阳肆威，日光射于身上炙人甚烈，有如夏日。改赴西四华宾园沐浴，园甚阔大洁净，为平市西城首屈一指之澡塘也。入特等房间，澡价六角，但理发、搓澡、修脚等价尚较次等澡塘为廉，茶役亦无甚劣习。六时半出，仍至李宅，楚卿依然高卧未醒，遂返寓。晚餐。十一时寝。

五月三日　阴历三月廿三日　星期一

晴。至县府后，南京内政部考察县政团员已于八时余到府，县长尚未到，临时电话通知赶到招待，十一时始去。午后，天气忽燥热，阳光炙人甚于火炽，虽未立夏，已俨然夏天气象，余仍着棉裤薄棉袍，至四时后，室内阳光照射满窗，大不可耐。午略睡。六时廿分始离署。八时晚餐。晚柏甫电话约明晚至其行中吃锅贴。十一时寝。

五月四日　阴历三月廿四日　星期二

晴。七时余起。午后狂风大作,燥热异常。五时半进城,先至珠市口购送李仲鲁幛子九尺,后赴柏甫处吃锅贴,馅为对虾海蟹小白菜,食后腹涨。询知渠行由津运货来平,向交汽车带运甚便。近两日天气忽热,余之应用夹衣均在津未带来,拟与家去信,送交兴隆洋行随货运来平。九时归,甚觉疲惫,提前休息。

五月五日　阴历三月廿五日　星期三

晴。七时起。八时半赴署。今日为宋委员长明轩太夫人设帨之辰,冀察要人均赴津祝嘏,胡县长亦终日未到府。午后仍起风。二时,写同人李仲鲁令媛于归幛光。五时半偕崔景南进城,至鲜鱼口购面包、黄油等物。六时至柏甫处,食熬黄花鱼,烹对虾段。八时余归。午前发家信,索夹衣并开一单,嘱照单检出,即送兴隆洋行交崔九候运货之便带平。

五月六日　阴历三月廿六日　星期四

晴,终日凉爽,不似前两日之亢热。报载,冯主席巡视各县,昨日已至房山,胡县长恐其陡然来县,当饬各科加以准备。五时,东北云起,天阴甚沉,似将降雨,按连日亢旱燥热之象,亦将有雨意。六时进城。十时后降小雨,旋止。

(天头处记作:今日立夏。)

五月七日　阴历三月廿七日　星期五

晴。七时起,九时赴署,天朗气清且无风尘,城外汽车路旁绿草如茵而湿润。报载,昨晚十一时平津均有小雨,无怪晨间出城凉甚,夹袍几不能支耳。《大公报》载,近日,高阳县长因有侵吞公款及其他渎职行为,奉省令调其至省询问,遂即弃职潜逃。又某县之警察局警长卖放毒犯被控，正值冯主席出巡而被拘解省府。以上两案，本府尚未奉到通令。午后，胡公赴南苑，至晚未归。余五时半进城，晚饭小饮后胸闷涨，以药解之，遂愈。十一时休息。

五月九日　阴历三月廿九日　星期日[1]

晴。约崔景南、王守文、卓月波十二时吃便饭，已约未到者尚有刘毓斋[2]，十二时入座，余因陪崔君，饮白酒略多。今日大兴绅士即县府教育股主任李仲鲁女公子于归，假长巷头条饭庄举行，余因请客便饭，未往送喜。四时赴万聚园沐浴。七时余赴李宅，晤黄溥泉、孔栋丞，少选竹龛亦至。十时赴仙宫理发。十二时归。

早竹龛来谈许久，并送前代烦之画，计梦潭款一幅，子芹款一幅，柏甫之友萧雨三一幅。

五月十日　阴历四月初一日　星期一

晴，热甚。带梦潭画至府，交胡公转交。晚柏甫来。

五月十一日　阴历四月初二日　星期二

晴，较昨日尤热，已换毛葛大褂。八时余到署，第三区行政专员王冷斋带秘书洪大中、科长张壮之于九时来县，胡公率府中上级职员招待，略坐，胡公随往一区内一村内复勘去秋所报旱灾。十一时余返署，设筵款之，席间与王专员谈及民十五六年间在开封相聚之欢，光阴似箭，转眴已经十年，并言君比时正在翩翩少年之时，现在面貌不免较昔稍现清癯。盖当民十五六年之间，余正在汴代理河南省银行总理之职务，且兼郑州陇海火车货捐局长，中年风顺，身兼数差，每日杯酒常满，坐上不空，王君亦余座上不速客也。昔时薄县知事而不

---

① 原本即缺“五月八日”日记。

② 刘毓斋，下文作“刘敏斋”。

干，今日任县政府一秘书，回首前尘，令人不禁今昔之感。接柏甫电话，知津寓所寄夹衣已到。五时进城，至柏甫处取衣包，因天气甚热，即归。

五月十二日　阴历四月初三日　星期三

晴，热甚。午后办公处窗上西照，阳光满室，郁蒸闷人，与收发刘君商设法遮阳光之方，据云，拟购苇席帘一挂。余告以但能使室内阳光不致逼人、可以办公，至于用何办法，并无成见云云。按就余经验，凡属公署机关，无何大小，每至夏季概有凉棚，一至春暮即可请领临时费，以作搭盖凉棚之用。不料大兴县府穷到并凉棚亦不能搭，同属国家官署，同为国家服务，省市各厅局皆可请费，独县署经常费既极不敷，无可挹注，且又无临时请领之列，国家待遇公务员之不平等实属无法说理。余平生从未任职此项官署，而所居办公室又适值东房，今夏恐有不能长受此苦之虞。晚饭后，因连日亢热，闷气异常。

五月十三日　阴历四月初四日　星期四

晴。休息一日。午后一时余，狂风大作，黄沙蔽天，亢热异常。二时余，李绍蘧来，烦写扇面四个，谈许久始去。拟中山公园，惟因风大而止。夜雷声大作，略降雨。

五月十四日　阴历四月初五日　星期五

阴，天气忽变凉爽，昨日室内华氏表八十度以上，今日已降至六十余度矣。六时进城，天正密阴，且降雨点，惟因风势较大，雨未得畅降。赴西长安街，应忠信堂郭专员之宴席，共三桌，县府职员自课员以上，前任宋县长及僚佐并县绅均被邀。八时余席散，回寓。

五月十九日　阴历初十日　星期三[①]

早阴，并降雨一阵，午后晴。晚将李绍蘧所烦之扇面写就四件，接萧紫鹤由汉中来函，系五月十一日所发。

五月二十日　阴历四月十一日　星期四

晴。五时进城，至柏甫处取由津带来之衣包一件，内有所要之图章数方，但带来之章多不适钤扇面用。至前外观音寺购送李宅喜事幛料九尺，用洋四元三角。六时返寓，时正狂风大作，密云四起，旋又被风吹散。晚饭后，将昨晚所写扇面钤章后，亲送至李宅。十时归，旋即休息。

五月廿一日　阴历四月十二日　星期五

晴。五时一刻进城，至撷英番菜馆，盖余与崔景南、王守文二君共同作主，请宋前县长及同人，到十一人。八时散，即归。

五月廿二日　阴历四月十三日　星期六

晴。十一时赴聚贤堂，为李绍蘧世兄结婚贺喜，至则客人到者甚少，略坐。至其本宅，与楚卿略谈至一时，同往聚贤堂看发轿仪式，概采旧式，惟新娘子则披头纱而服新礼服。三时余，喜轿至，即在饭庄拜天地，男客纷纷回宅。至五时余，新夫妇始由饭庄回宅，摄影，晚待客三席，甚不佳。晚大风起，九时余疲极，归。

五月二十三日　阴历四月十四日　星期日

晴。九时起，早点后尚古斋裱画店刘伙计来，将潘祖荫七言对交其带去揭裱，所欠裱画账十余元，约定下星期日来取。午饭后小睡一

---

① 原本即缺“五月十五日”至“五月十八日”日记。

小时，醒后精神既不佳，全身且无力，痛苦不堪言状，饮茶数盏。至四时，勉强赴西四华宾园沐浴，今日在头等客房，价三角，招待尚好，经此一浴，身体顿觉爽快。八时一刻始出园，返寓。晚饭尚能健餐，十二时休息。

五月二十四日　阴历四月十五日　星期一

早，阴雨密布，且降雨一大阵，于睡梦闻淅沥之声。七时余起后，雨又渐息，八时余云散而微现晨曦矣。天气甚凉，赴署时身御重夹而仍有寒意。九时半到县府，接张杰臣来函，托为其父子谋事。终日公事无多，县长亦未到署。午后略睡。五时半进城，返寓后收拾书斋。晚食鲥鱼，此为本年第一次尝食此味也。今日食药较多，故终日精神甚好。

五月二十五日　阴历四月十六日　星期二

晨阴并略降小雨，旋即放晴，十时后已大晴。前经县府捕获之白面毒四名，均拟判极刑，呈请省政府核示，今日奉到省府转奉冀察绥靖主任公署指令，核准饬即执行，县府已定于明日午时派保安队张大队副监视执行，此为胡县长到任后第一次枪决人犯也。三时后起风转阴，四时后风渐息，小雨淋淋，渐降渐大，至五六时雨势益大，似有通宵之势。农村现正苦旱，经此一夜小雨，颇利农田，气候甚寒，已御棉袍矣。晚饭后临《张迁碑》大字七八页，不习大字者已四阅月，手僵腕弱，退步更多，早拟每日退食之暇，照常作字课。惟数月来终日案牍劳形，晚间实无精力再有临池余兴耳。

五月二十六日　阴历四月十七日　星期三

晴。昨日夏雨竟日，至午夜始止，今早新雨初晴，天朗气清，空气异常新鲜，惟气候甚凉，薄棉着体，颇觉合宜。到府后，县长胡公正筹备执刑毒犯之事。十时余，先将四犯由拘留所提出，亲自代为摄影，所用摄影机尚余胶卷数张，又分代府内同人崔君、高君各摄一影，又约余摄影，余不欲与将死之囚同摄入一卷胶卷之内，婉言谢之。至十一时，遂将应执行枪决之四毒犯提出，加绑点名后绑赴大红门村迄西，由保安队张大队副押令监视处决，四犯中只有两犯尚能言语，其余两犯亦魂飞魄散矣。午后，天忽又阴，降雨片刻而晴。六时进城。晚饭后临《张迁碑》六页。

五月二十七日　阴历四月十八日　星期四

早忽阴忽晴，气候仍凉，着绸夹袍赴署，几不能支，十一时忽又雨风交加者片时。胡公未到府，接赵品澄函，内附三月间寄平寓一函，因位址门牌号数写错，被邮局缴回者一函。两函大意均恳谋事并称贷，揣其函内语意，似所讼争多年之盐滩已告失败，此君数年心血及金钱为此事而耗费已尽，若果完全失败，所受激刺不堪言状，其个人前途亦不堪设想。论交谊，本应代为速谋一地，稍予慰藉，但以余现处之境界，实无能力为其代谋，稍迟当恳切函慰之。与慧女写一信，告其下星期五六回津，届时可将薪水带回，写毕即发。归途至新世界小市一游，购旧藤椅子一对，价二元。六时返，抵寓所。晚饭后心神抑郁不快，默念佛号三百声。十一时休息。

五月二十八日　阴历四月十九日　星期五

早晴，下午五时余，由西南方黑云上升，势将大雨，至六时后被风吹散，略降数点而晴。晚饭后步行至骡马市大街，购水果及物而归。

五月二十九日　阴历四月二十日　星期六

晴，终日燥热。县府余之办公室为东房，由午后二三时起阳光满射室内，窗下办公桌尤首当其冲，实不能办公，前曾与主管人商遮日光之具，日久不办，居停主人亦熟视若无睹。今日胡公午后到室，亦言屋内日晒太热，第一科长崔君始承意饬人购买苇帘两具。

五月三十日　阴历四月廿一日　星期日

晴，午后大热，较昨日尤甚。午饭后略睡。四时赴西四华宾园沐浴，七时余始出，又至万国理发馆理发，八时半始毕。至李宅，至十时始在该宅吃晚饭，十一时归。还清尚古斋裱画账十六元。

五月三十[一]日　阴历四月廿二日　星期一

晴。到府后，窗前苇帘居然已挂上矣。午后垂帘仍不能使骄阳不入，但较无帘稍胜一筹耳。今日发五月份薪，除扣共请同人礼份募捐及预支外，仅领八元有零，又还报费、饭费，所剩已无多矣。接尹大甥函托谋事。

六月一日　阴历四月廿三日　星期二

晴。九时余到府，今日县府接收南苑地方行政及营市局所征清道捐、铺捐、营业执照费、屠宰捐。早八时，县府二科科长、警察局警官率警察前往，正在营市局办理交接之际，南苑商号忽均罢市，旋有流氓数百人将县警包围，纷以砖石投击，致伤警察八名，警察临时驻所之吉祥客栈亦被捣毁。县长当即赶到，召集民众讲话，并与商会代表接洽，无结果，至晚仍在罢市中，并不时有流氓聚集街头。至下午四时，县长及警官等均回县府，由余拟电稿一件呈报省府，脱稿后，七时三刻始进城。接宋鹤荪[①]函请一二日赴津，盖与河东所立之合同尚未签订也。

六月二日　阴历四月廿四日　星期三

晴。九时半到县，闻南苑仍未开市，昨晚所拟电稿因字多费巨，又改代电矣。今日各报对于昨日南苑事均有登载，《小实报》尤详细

---

① 宋鹤荪，前后文多作“宋鹤孙”。

而且翔实。昨日之事军部未予协助，暴动之后亦未逮捕暴徒，致殴警之后仍无悔悛畏罪之意，而罢市一节亦不能解决。南苑地面五方杂处，地痞营混麇集其间，再加营市局主任王国震意存把持，不免鼓惑地痞出而反对，商会长白汉卿亦为暗中主动最大嫌疑之人。胡县长十时后赴南苑，午后四时归，未甚表示，不便深询也。复宋鹤荪平快函一件，告其星期四即六月三日。返津，并约其星期五午时来寓一谈，又与慧女写信，告其明日回津。六时进城。

六月三日　阴历四月二十五日　星期四

晴。七时起，八时余赴县府，南苑仍在罢市中，并散放印就标语。十时余，胡县长由城内来电话，谓接专员王泠斋电话，云宋委员长已有电来，令查此次为首之人，嘱余拟一代电报告。午后四时，胡君到府核阅电稿，即饬缮。六时余，向胡君陈明赴津之事，当经允准，惟嘱再与冀察政委会、冀察绥靖公署分拟代电报告，并又补报省府查明南苑商会长白翰卿[①]及率众殴伤警察之刘洪起、马三等为此次罢市暴行之主使人文件后，再行赴津。余遂即赶办，八时始进城。余原拟今日回津，因有要事待办，故今午又发家信，告知改乘明日早车赴津，今日已将应办文件办毕，决定明早回津也。

六月四日　阴历四月廿六日　星期五

阴晴不定。七时起，拟搭八时车赴津，旋因时间太促，改乘十时普通快。九时三刻到站，始悉杨村南现正修新路，车须缓行，因此提前十余分开车，甫登车即开行。一时后抵家，尚未用饭，鹤孙即来，一面谈话，一面进餐。鹤孙去后，即赴新园沐浴，在澡塘用晚饭，与李仙舟遇，谈许久，仙舟自青岛公安局分袂后，回津即服务于天津世界红卍字会。出新园，至中原公司购皮制钱囊两个，备分送王守文、崔景

---

① 白翰卿，前文作“白汉卿”。

南两兄。十时至品澄寓栈，为言渠诉愿现状，余告以王祝三与现任长芦盐税局长李子实有交谊，渠即托余烦祝三代为说项，并托余代祝拟函。十二时归。

六月五日　阴历四月廿七日　星期六

阴，午后并有阵雨。下午七时赴南市泰丰楼宋鹤孙之约，高少峰因病未到。饭后九时余赴河北九灵宫宋长馥宅，谈至十时，辞出赴品澄处略坐。十二时归。

六月六日　阴历四月廿八日　星期日

晴。十时王颐忱来访，延见，闻月余以来，每逢星期日必来问询也。午饭后小睡，鹤孙来，缘昨日约定，今日午后二时至其宅签合同，久候余不至，恐又出问题也，余告其因午睡过时。鹤去后，即赴鼓楼东宋宅晤旭初兄，今日只谈风月，对于家务及引岸事一字不提，余亦不便询之。鹤孙旋归，持合同来，至晚饭后，余始在中友人下签名盖章，立合同人尚未加盖图章也。旭初旋出门，余与鹤孙始谈判索镇门事，渠满口允许。十时余赴品澄处。

六月七日　阴历四月廿九日　星期一

晴。午后长馥来，言及镇门恐不能多得，将来如只一二处，即将其事与余合作，余慢应之。夕至宋宅，与旭初畅谈，余亦将镇门问题向其讨论，旭初亦满口答应，即以王集一镇归余承办，并商及代办人选，渠主张即由杰臣去办。十时返寓，慕韩已先至，又与商议多时，渠亦有推荐杰臣意。十二时慕韩始去，时小雨淋淋。

六月八日　阴历四月三十日　星期二

晴。八时余起，早点后十时出门，赴河东意租界访刘子明，晤谈于院中树荫下。谈及宋宅要求两处镇门事，子明绝对不承认，余始提及有余一处，渠即允向股东提议，约到平电话报告。余辞出，与竹亭遇，赴河北访宋长馥，已出门，候一刻余归来，告其刘子明对镇门事经过，并将旭初兄所托扣还公运欠款事与渠言之，并将所带公所公函两件交其一阅。十一时半辞出，赴鼓楼东访旭初，报告今早分晤子明、长馥经过，旭初留午饭。饭后二时返寓，匆匆收拾行李，三时赴东站回平。今日天气热甚，午后三时尤酷热，赴车站路上骄阳高照，已不可耐，到车上更觉严热。六时半抵平，回寓后即觉疲惫异常。

六月九日　阴历五月初一日　星期三

连日在津奔波劳力，已属不支，又经昨日车上受暑，今日身体大感不适，请假一日，未到县府办公，在寓休息。

六月十日　阴历五月初二日　星期四

阴，早小雨片刻。身体仍觉无力，又休息一日。

六月十一日　阴历五月初三日　星期五

晴。到府办公，下午在府投标各种捐税监视，绅士到者白焕亭、马△△等，五时毕。

六月十二日　阴历五月初四日　星期六

阴晴不定。早略觉腹泻，到县府又泻一次，午后又泻且作烧。今日胡县长宴请阖府职员，四时余将入座，余因疾先回。返寓，改痢疾，甚疲惫。

六月十三日　阴历五月初五日　星期日

晴。痢未愈，不思饮食。午前派老田持片至胡公馆，为太夫人叩节，并与祝三写一函，连同品澄函及代拟致李子实局长函，饬老田送去。午后食卓宅施舍专治腹疾丸药一包，食后腹痛即止，临睡时又食一包。

六月十四日　阴历五月初六日　星期一

晴。痢疾已见痊，登厕次数已减，临厕时腹已不痛，卓宅之药甚有效也。

六月十五日　阴历五月初七日　星期二

晴。疾大愈，但仍请假一日。午后赴西单万聚园沐浴，六时归，与宋旭初、鹤孙各写一函询问镇门事，即发。

六月十六日　阴历五月初八日　星期三

晴。到府办公。

六月二十日　阴历五月十二日　星期日①

休息一日，未出门。

六月二十一日　阴历五月十三日　星期一

五时阴云四布，雷声连鸣，小雨即止。晚与萧紫鹤写信，称贷一二百元，又与慧女写信一件。

六月二十二日　阴历五月十四日　星期二

阴晴不定。五时余进城，径赴舍饭寺李宅，时正天阴甚沉，但未降雨，气候颇凉爽，据云保定有大雨。晚在李宅用饭，胡县长亦到，谈至十一时始归。

---

① 原文缺“六月十七日”到“六月十九日”日记。

六月二十三日　阴历五月十五日　星期三

阴晴不定。到县府后，接王颐忱一函，慧女一信，颐忱函仍托谋事，慧女信仍商量考学校及服务事。午后有阵雨，气候甚凉，午睡仍御棉被。胡公终日未到府，公事无多。与刘子明公馆通电话，知其今日来平，询镇门事。据云，王集镇门交由余办已不成问题，惟因张博泉与阜东昌条件尚未议妥，现办王集镇门之郭秀生本系由张推荐，须俟张事解决，始能将王集索回，并云在最短期间足可解决。余又切托帮忙，子明慨然应允。六时进城，晚饭后赴万聚园沐浴，十一时半归。夜一时降雨，气候甚凉。

六月二十四日　阴历五月十六日　星期四

阴晴不定。未到府，请假一日。午时代李绍蘧写送友人换彩扇面，系落张伯英款。四时赴李楚卿宅，借洋五十元，遇陈鹤亭，谈宋旭初事甚久。晚饭在李宅用餐，胡县长亦到。李名道托写面，忘带回，发复慧女一函，允其考学校并告昨日与刘子明接洽镇门事，又要《大公报》及各刊物，在平所阅《实报》嗣后每三天寄津一次，天津寓所定阅《实报》即停止。十时半由李宅归。

六月二十五日　阴历五月十七日　星期五

阴晴不定，气候甚凉爽。十时余到府，胡县长未到府。五时三刻进城，晚饭后习小隶字。

六月二十六日　阴历五月十八日　星期六

早阴，午转晴，气候较热。老田因病请假，另觅一人代工，此人年已五旬以上，拉车已非其年，况以五旬余之老翁，何能行此长途，由寓至县府费时达一小时，较老田多费二十余分，其行之迟可想知也。五时半出府返寓，决另找车夫。晚饭后至西单商场一游，多日未入闹市，又在万灯辉煌之下，人多路狭，摩肩继踵，目为之迷。购《湖社月刊》十七册，每册按五分付价也，闻该刊已停版，旧存之册均已陈之肆上，据调查，每册最廉不得过五分钱也。至华兴购凤眼纱一匹，价二元九角，又购薄洋布九尺，价一角，备做蚊帐用也，又购茶叶、蚊香等物。十时半返寓。

六月二十七日　阴历五月十九日　星期日

阴，午前天气郁闷而热，午后小雨旋降旋止。新找车夫姜姓，年二十四岁，由今日起试工。午后三时余赴东城访郭仰宗，略坐，辞出后至总布胡同访王祝三，托品澄所烦之事，晚在祝寓用饭。十时辞出，至东安市场匆匆一游，购《南海先生遗墨》一册，价二角。十一时归，已放晴矣。

六月二十八日　阴历五月二十日　星期一

午前阴，午后晴热。披阅到文五十余件，胡县长未[到]府。五时三刻进城，新上工姜姓车夫每次须时四十分。接慧女廿三、廿五两封信，拟考深县职业学校，晚与写回信，坚绝劝阻。

六月二十九日　阴历五月二十一日　星期二

阴晴不定，气候甚热。晚饭后至骡马市理发。晚蚊子甚多，成群结队，使人坐卧不宁。由前日经祝三兄传授运身之法，业已实行三日，每晚临睡前练习二十余分，练毕登床，顷刻入睡，拟持之以恒，期使身体日就康健。

六月三十日　阴历五月二十二日　星期三

晴，燥热。午后二时，代胡县长对第一区乡长训话，分四事：一、关于留置黑地事；二、训练壮丁事；三、催缴地方款项事；四、乡公所实行改用县府盖印账簿事。余训话后，又由警察局王警官讲解训练壮丁事，旋又召集本府各科长及保安队、警察局，讨论廿六年度地方款项预算事。五时半进城，晚饭后赴一品香沐浴，十一时半归。一时后练工夫。夜三时后大雨。今日发六月份薪，除扣尚欠廿元。

七月一日 阴历五月廿(二)[三]日 星期四

早六时醒，闻大雨倾盆，遂又入睡，九时起时已渐小，至十时雨止，赴县府路上泥泞异常，知夜间及今早雨势甚大也。入夏以来，密云不雨者已数日，农田盼雨甚切，今日之大霈甘霖，颇利农事耳。胡公昨今两日未到府，余五时进城时于中途遇之，始赴县府也。晚饭后，大解甚畅，连日颇觉燥，晨起后，已两三日不按旧习惯大便矣。

七月二日 阴历五月二十(三)[四]日 星期五

阴。九时一刻出城，十一时余小雨旋降旋止。五时余离府，甫上车即降雨，愈下愈大，天际彤云密布，街上泥淖难行，抵寓略止。晚八时余，又降大阵，经半时始略小，但匀停小雨经夜未止，气候转凉。

雪盦日记　射

七月三日　阴历五月廿五日　星期六

早阴，九时后晴。昨晚豪雨，据闻至今晨三时始停，为今年未曾有之大雨。十一时始出城，街市道路已干，惟恐南横街积水不易行，仍改绕西珠市口，转赴永定门。一出永定门，过铁路桥往南，汽车路两旁积水如溪，坑满沟平，蛙声齐鸣。路旁柳树清新如洗，远望田中稼禾尤欣欣有生气。盖入夏平郊苦旱已久，经此半日半夜大雨，足可霑沛矣。十二时到府，批阅公文，胡县长未来。据第四科所拟代电，测报省府雨量为三十一公分也。一时午饭后略睡，救济院杨英甫来见，托办代向省府请领廿六年度补助费五百元事。五时三刻进城，仍绕珠市口。晚饭后，偕梅赴西单购物，余购线袜一双，《方舟》《戏剧画刊》各一册。又至西长安街长安戏院，定购明晚陕西易俗社戏票两张。十时归。十二时后练习运身术，即睡。

七月四日　阴历五月廿六日　星期日

晴热。十时赴宣内老菜街七号孟竹盦新居，此为竹盦迁移新房后第一次往贺也。房为今春新购，计二十余间，院落甚宽敞，四面房后尚有群墙，院内树木甚多，而门外平列老槐四棵，葱郁茂密，颇壮观瞻。孟君出身孤露，弱冠只身由热河原籍出外奔走，甲午后从刘忠诚公铭传山海关军募，积资保升佐贰，遂能数白下已能娶妻立家。民国后，任职汉口盐务稽核处数年，三四年前解职，始携眷北返，寄籍北平。半生辛勤，赤手成家，现年已六十八矣。今以望七之年，终生辛勤，得营菟裘以为退老之所，美轮美奂，不虚此生矣。且孟君自息影平市以来，以书画自娱，所作山水颇具清秀之致，闻其书画绝无师承，盖以自己努力苦练而来，近来求者踵至，大有应接不暇之势。余与竹龛结交，远在四年以前，因客平市，又属比邻竹龛。孟氏尝刻“亚圣后裔”印章，故余时谓得结孟氏芳邻为言，渠亦欣然自承之。午后，(矫)[骄]阳肆威，热浪甚高，午睡一时余。五时赴萃华理发。七时归，在宝华楼购薰小鸡一只，味香适口，入夏后，初尝此味也。八时，偕梅赴长安戏院观陕西易俗社剧。余数年来不涉足剧场，今因久闻陕西易俗社王天民演《柜中缘》为拿手佳戏，且以此社轻不来平，今晚又适逢贴演此戏，是以破例往观。入场时，《探亲家》已成尾声，下为《春秋配》《春秋笔》，一为正旦戏，一为正生戏。《春秋笔》京、秦两班均未曾有。再下即万人瞩目、哄动南北之《柜中缘》上场矣。王天民扮许翠莲，汤易俗扮其兄淘气，王、汤出场均博得采声雷动，足征此戏之先声夺人耳。王天民唱、念、作确有独到之处，扮像亦楚楚动人，惜身体发胖，方之京剧四大名旦之一之程砚秋在伯仲之间，作工固然细腻入情，而唱念尤婉转自然，丝毫不觉费力。因方言关系，唱词念白虽不十分尽懂，但仔细聆之，亦能听到词句，非其他各角所唱念令人一字不懂者比也。即此一端，已使外省人得到满意，可见名下真个无虚矣。此戏前年曾闻萧紫鹤兄及其友贾君详谈剧情，贾君并可学起唱词腔调，为余歌之，故此戏余虽初次听之，而印像尚深耳。大轴为刘文中之《箭头鸳鸯》，演刘金定招夫事。刘文中为该社旦角后起之秀，貌颇娟秀，演马上女英雄亦极合身分。该社旦角除王天民外，当首推此子矣。十一时半散戏，归。

七月五日　阴历五月廿七日　星期一

晴热。接赵品澄函，对于特烦王祝三说情事未能即时生效，及前次来函通融之廿元未经照寄，均表示不满，联篇累牍，牢骚满纸，此君向来一心情愿，太不体谅人也。

七月六日　阴历五月廿八日　星期二

晴热。连日天气亢燥，早晚室内均达华氏表八十余度，晚间蚊虫肆扰，虽不敢张灯，暗中仍不时被咬。

七月七日　阴历五月廿九日　星期三

晴，今日小暑，气候仍热。晚在院内小(作)[坐]，尚觉清凉。室内则热气郁蒸不能耐。接尹嘉泉甥函，仍求谋事。午后由会计处借支三十元，派政务警察进城交邮汇津，并写短谕一纸。

七月八日　阴历六月初一日　星期四

晴，闷热。十时据闻，昨夜芦沟桥方面日军炮声竟夜不绝，真象亦不明。午后二时，据报永定门已关，城内外交通断绝，仍不得确实消息。胡县长今日未到府，余会同崔君传政务警长及保安队班长至，分别饬其严加防范，尤对拘留所特别注意，以免羁押人犯闻炮声惊惶出事，并嘱日内禁止押犯接见。又因二科王科长昨日赴保，由余建议，嘱王会计员将府中公款预作准备，印信亦须妥为存放，以防不虞。至五时，闻永定门已开放行人，余遂带县府所存绥靖公署所发之城门出行证进城。行至永定门脸外，见行人车辆皆拥塞门外，桥南城门仍关闭。余遂向前至门前与守兵交涉，出示门证，即允开门，将余车放入，而城内人车亦如城外守候通行之状。抵寓后，见各报号外始悉，昨夜芦沟桥苑平城外中日两军已开火一夜，现仍在相持间。事态之演生如下，缘昨夜日军一中队在芦沟桥外演习，据日军向我军政当局声称，正演习间，忽闻枪声，当即收队点验，缺少一兵，认为放枪者已入城，要求率队入城搜查，我方以时值深夜，恐地方不安，婉加拒绝。不久彼方又电话声称，如不允许，彼即武力保卫前进云云。同时日军对宛平县城已取包围形势，我方再与日方商定，双方派员前往调查。日方所派为[寺]平副佐、樱井顾问，我方所派为王冷斋、林耕宇等，至今晨四时到达宛平县署。正交涉间，忽闻东门外炮声大作，俄而西门外大炮机枪又起，嗣因日军炮火更烈，我军为正当防卫，始加抵抗，我军伤亡颇众等语。晚七时又闻炮声隆隆，至八时后即止。市中八时戒严，警察传知住户上门。终夜尚安靖。

七月九日　阴历六月初二日　星期五

阴，由晨小雨淅沥不绝，竟日未止。闻内城如崇文、宣武、和中等门亦关闭，不能出城。与胡公住宅通电话，渠亦不能出城，除早间略闻炮声，终日未再听枪炮之声。午后五时，据阅号外云，芦沟桥截至今日正午止，双方确已停战，静待协商，渐有和平解决之途径等语。

七月十日　阴历六月初三日　星期六

晴，昨日整天小雨未稍停止，今日放晴，气候蒸热。八时与永定门派出所通电话，得悉永定门已开半门，照常通行。余于九时后出城，至城门时，见内外两层城门均半掩半开，门下堆集麻袋多只，并不检查行人，故门洞尚不拥挤。到县府后，胡县长已先到，互道昨日经过。据报载，芦沟桥日军昨午九日午。正在撤回原防，我军已奉令回原建制。惟当双方复员之际，适值大雨淋漓，彼此颇有小误会，致伤我排长一人。此役，宛平县城内被炮火甚烈，县政府已多被炮击毁，燕郊八景之一之卢沟桥亦被炮火损失甚巨。又闻，此次口头商洽和平解决，并无任何条件及文字规定云云。午后，胡公赴南苑军部借来子弹数百粒，以备县府警备之用，但县府保安队及警察人数既少，尤无训练，遇有缓急，殊不足恃，可虑也。警察局今日招考警察，余赴县小校出题考试，文理共两题：（一）为详细书写个人的履历；（二）为试述警察的职责。入场者廿二人，有两人不能写字者。考毕，由胡县长评定试卷，按名检验体格，取定十余名。三四钟，室内外均闷热。闻永定门又复关上。六时后进城，至城门出示绥署所发门证，即开门放进。七时到寓，今日为余四十六初度，毫无举动，友朋无知者，仅晚饭食茄子打卤面而已。年来蹭蹬不得意,心灰意懒,又加国难正在严重之际,日内敌人炮火逼在目下,抚兹身世,感慨殊多。晚饭后,天气忽然转凉,飒风如秋,白昼暑气顿销,提前入睡。

七月十一日　阴历六月初四日　星期日

晴,八时半起,天气凉爽。早点后又小睡一小时,写前昨两日日记,又与慧女、宏儿写家信一件,告其近日芦沟桥事件及北平情形。午饭后略休息。三时余出门,进宣武门,至西单迤南欧美理发馆刮脸。四时余至舍饭寺李宅,在该宅门前遇楚卿,正拟往新新看戏,强约余同往。至新新戏院看李万春演"武松",仅看其狮子楼一节,五时半即散戏。同楚卿至其宅,坐谈至七时半,辞出返寓。芦沟桥事变以来,今日初次进内城,见宣武门亦半闭半开,而西单十字路堆集麻袋如圈形,冲东架机关枪一座,有数兵士把守,并作描射状,形势甚觉紧张。四处街头便道上立聚闲人甚多,往来行人一如平日,并不见少。新新戏院虽演戏,但上坐仅及半堂。余七时半由李宅回宣外时,城内外各商家已纷纷忙于上门收市,至宣武门脸尤冷清,门洞中只有警察二人把守,城门似即关门状,盖八时即戒严矣。据今早晚各报所载,昨夜双方互又开火,至明始停,日军仍有新开来增援者,时局未可乐观。宛平县长王冷斋因事棘手,已入德国医院养病。北宁路终日未开车,平汉路亦不能通过芦沟路。在楚卿宅遇孙剑泉,据云,闻谣传中央军已开至保定,长(新)[辛]店已被日军占领,但无佐证也。八时抵寓,少顷,胡同内已断绝行人,沉寂异常。晚饭后天气不甚热,十一时后濯足,练习运身工课。十二时半登床,辗转不能熟睡,至二时为炮声惊醒,下床饮白水一杯,吸香烟一支,尤闻远处大炮与小炮相间放射声,至三时复登床,遂又睡矣。

七月十二日　阴历六月初五日　星期一

晴。八时余起,九时半出城。永定门双扇门均已全开,障碍物、沙袋亦移置门旁。至大红门时，见石桥迤南有兵士数十憩于树林内，道旁树枝亦有伐下放置路旁，大红门两旁门并用土堆至半人高墙，置机枪一架，向北而作备射状。甫进县府大门，有兵士纵横卧满二门台阶上，入办公室始知，二十九军部已于星期六傍晚派来一营步兵，昨日星期，胡县长会同营长督饬士兵在大红门迤北、西红门、旧宫等处赶筑防御工事，掘得十余里战濠一道，以防敌人窜进县境。胡公由星期六即未离县府，以示作镇。午代拟呈报省府及民政厅电稿，报告芦沟桥事件发生后县境尚属安谧，及日内设防情形。晤派来营长王君，亦保定人。下午批阅公事并略息片时，阅十日及十二日《大公报》。据今日该报所载，芦沟桥事变自经九日交涉停战，日方屡次失信开炮，昨日交涉竟看今日情形如何，彼方倘再挑衅，事态不难扩大。六时进城，先至前门内长途电话局，拍发今日所致保定省府电报。七时余回寓，抵寓先沐浴，盖今日初伏第一日也，浴毕晚饭，仍由八时起戒严。据晚报载，截至今日下午止，尚未有和平确讯，日军仍不断开进增防兵车云云。

七月十三日　阴历六月初六日　星期二

晴。九时一刻赴县府，至永定门，城门已全闭，略候即开门，出城，行至沙子口地方，见有日军唐克车及载重汽车十余辆由东往西，似拟全部通过平苑大马路而行，但已过大马路之各种车辆前途若有障碍不能畅行之势，所以大路上停止唐克车、载重汽车五六辆，随有日本军人，载重车上满载军用品。余之人力车即从停在大马路之军用车旁而过。日军近年以来行动自由，已属司空见惯。意者由东往西，俟全部通过后，已无在此有何军事动作，不料甫抵县府不及十分，即闻大红门有枪声，随即开机枪，弹声甚密。胡县长正在余室闲谈，闻枪一发，即奔赴县长室，取战刀驰出后门，全府警队亦纷纷携枪带弹，准备应战。府内所驻廿九军兵士整顿军装，出而奔赴大红门防线。余与同事崔君避立室中墙角，枪弹乱飞达十余分始止。余与崔君出而至院中及县府外视察一周，见一兵士带彩回府，盖此忠勇士兵在大红门外数十步一高岗放哨，见有日方载重军用汽车拟随普通汽车后通过大红门，该哨兵令其停止，告以不能通过。不料日兵开枪射击，弹由左腕穿过，伤及右腕，我军见该兵受伤，遂即开始还击。日军车不支，意欲转回退却，致将一载重车撞在路旁树上，前轮已毁，不能转动，车上日兵伤亡数人。此车遂停放树旁，其余各车均退出，此大红门一度互击之情形也。经此一度激战，全府人员咸有戒心，恐日军再来报复，遂令全体戒备，工役武装。至午后一时，忽闻轰然巨声，发自永定门一带，但一响之后，遂即无声。旋据报告，永定门外北宁路铁桥迤南，有日方子弹载重车一及铁甲车一，被我城上守兵一枪打着，两车同时被△△。至三时以后，有日飞机连续前来，最后一机为四叶轰炸机，飞度亦最低。自十一时后，大红门与永定门交通断绝，午后电话亦不通，至五时电线始修复。胡县长亦属文人未经战阵，终日无策。余以书生，尤属生平所未经过之火线生活，但以国难至此，身为公务人员，临此危地，只可淡然处之，颇能镇静无恐。永定门巨响之后，同事方君见余持笔习字，遂以扇面索画，余为涂鸦尽两面，胡县长以下同人无不以好整以暇目之。惟至夕阳西下，各人咸不免以日军前来夜攻为虑，如只步枪射击，尚不足惧，倘以大炮进攻大红门，县府首当其冲。余与胡公商，似宜迁一安全地域稍避正面炮火，当经议定，在县府以南一里半地找民房一处，作为夜间暂憩之所。六时后，余同崔景南科长、王伯涛会计等带一政务警察，略携简单铺盖及饮食之物，首先前往。胡公率武备保安队八九名作为出府巡哨，至八时亦到该处民房会齐。所借民房系鞋行公会之产，院内五间，余等共住三间。院门外四面完全为高粱地，只此一家孤悬旷野之院落，门前一小道可通县属庑甸村。余等在屋内一大炕上提心吊胆，不能成寐。至夜一时，忽闻炮声隆隆，加以机枪甚密，余等全以为日军果然来攻大红门，同人皆起而整衣。胡公出院督饬保安队戒备，倘大红门不守，惟有南退。千幸万幸，枪炮声经十余分即停息，旋有自县府来政务警报告，是守兵见有由东窜出便衣队模样者，遂开炮射击，彼方未还枪即停止。得此报告，始略放心，同人略谈不久，东方既明。

七月十四日　阴历五月初七日　星期三

胡公率保安队先回县府，余与崔君又略睡至八时，亦返府，知永定门已开放行人。早餐后，胡公及同人皆入睡，余独不复成睡，但身上甚疲惫，当将公事料理完毕。至午后一时余，乘派政务警进城至绥靖公署领取门证之便，令其随余进城。沿途所见，大红门外被树撞毁之载重汽车(内装军用电线电机)仍停道旁，有市区南郊警察一人看守。至永定门外，见昨日被炸之子弹车两辆，只有车壳，并有便衣日人四名，手持白旗，用麻袋收取烬余之物。至永定门脸略候，遂入城，抵寓，邻友咸来慰问，并劝阻暂缓出城。余遂入浴休息。晚至西院居停主人室闲谈。至九时回，作运身工课，即睡。

七月十五日　阴历六月初八日　星期四

阴晴不定。八时起，竹盦即来慰问，谈片时去。早点后身体困惫万分，复又入睡，直至十二时始醒。午饭后仍疲甚，再睡至四时起，终日昏迷不醒，似前日一日夜惊恐(幸)[辛]劳不能恢复。五时勉出，至楚卿宅一谈。至八时归，与慧女等写家信一件。

七月十六日　阴历六月初九日　星期五

早晴，午后阴，二时忽大雨倾盆，经半小时以上始止。与紫鹤写信，报告平郊近状，及商前函通融之二百元请其速汇。五时送邮局，发航空快，又发昨日与慧女所写家信。晚凉爽异常，竟夜安谧无声。

七月十七日　阴历六月初十日　星期六

早晴，九时后转阴，八时余起，凉爽甚。本拟赴县府，但因阴云密布，恐再降雨，倘在雨下等候城门，尤多不便，遂中止出城。十时与刘子明宅打电话，知子明在津未归，与宋旭初、刘子明各写一函，催询镇门事。自上月二十三日与子明电话接洽后，眴及廿余日，仍无消息，甚悬系也。前据刘君谈，须候张某与公司纠葛解决后，始可将王集镇索回，再交余办。今日之函，余请子明主持，有云如张事仍未解决，请提前交接镇门等语，不知能作到否。午饭后略息，未能成寐。五时出门，赴观音寺萃华理发。归途购烧羊肉一角，晚饭即食芝麻酱烙饼，佐以烧羊肉，味甚美。晚凉爽，室内华氏表只七十三度。

七月十八日　阴历六月十一日　星期日

晴，八时余起。午饭后略息，未能成寐。四时沐浴。五时赴西单商场一游，购中国料纸烟碟一个，价一角。至李楚卿宅已六时。阅本日《大公报》及《世界晚报》，均载宋委员长在津与日驻津司令香月会晤，和平空气似仍浓厚。《大公报》短评暗示，大局在三五日内亦可见分晓。惟据今日平方各报，日军在平西有掳掠妇女及逼某村村长索大批青年妇女消息，阅之殊堪令人发指。如果有此种野蛮行为，殊非廿世纪文明国军人所应有，况两国尚未正式开战，中国亦非战败国家，似此兽行，当为世界所切齿。晚在楚卿宅用饭，饭后略谈。八时半出宣武门，归寓时尚未关城，闻近日晚间戒严时间已延至十一时矣。晚阅《孙衣言文集》数首。十一时半习运身工课。十二时寝。

七月十九日　阴历六月十二日　星期一

阴，终日密云欲雨，但至夕返晴。八时起，早点后，九时出永定门。至城门时，正值开放行人，由城外进城者，除菜贩、瓜果贩外，乡间妇女逃难入城络绎不绝。候进城者全数放入，余车始得出城，至铁桥以南，仍见有青年妇女携带轻便行囊，纷纷往北而往。至海会寺以南，路旁大树多被我军砍伐，横卧道旁，盖既可作妨碍物用，亦可除去射击遮蔽目标也。大红门下已增加沙土口袋，门之西东海子墙下，我士兵正赶筑工事也。至县府后，与胡县长、崔景南略谈三日来经过，旋据王郁周营长谈，顷据报告，芦沟桥一带日军有往丰台撤退模样，所埋地雷亦经起走等语。又经参考各报记载，日来宋公在津进行和平似有进步，宋今日并有来平消息。胡县长自上星期时局紧张以来，有七八日之久未曾进城，经余力劝，遂于午后进城沐浴。余整日料理公事，未得稍休。五时派警护送进城，其时胡公尚未返府也。晚饭后接李宅电话，楚卿约余明日进城后至其宅一谈。今日到府后，接阅慧女十二日所发一笺。晚室八十度。

七月二十日　阴历六月十三日　星期二

晨间大雨一阵，至八时止。九时余出永定门，在门脸稍候，雨后道路泥泞，立于积泥中候开城门。到县府后，知胡县长亦于今早返府。气候闷热，汗出不已，披阅公文至午后二时，未得稍息，甫将公事赶毕，正欲假寐略息，忽闻炮声隆隆又起，但闻声甚远，似在芦沟桥方面，合府人心不免又现紧张，由两点三刻至三时余始略止。余出至县府大门以外察看，仍有行人车辆往来，料知尚能进城，遂派警一人护送回寓。至永定门外门脸，见车辆行人聚集甚多，幸城门正开放，由城内向城外之车人达廿余分钟始毕，然后才放进城者。余车争先进城，时正午后，天气又热，到寓后已汗流浃背矣，遂入浴。至七时许，炮声又起，达一时之久，至八时始息。与李宅电话，今晚不克前往。晚张宅女居停携其公子来谈。今日各报登载，昨日蒋委员长在庐山谈话会宣布我国外交立场，全文数百言，严肃中寓悲壮气慨，最后对芦事表明最低限度四点，即(一)任何解决不得侵害中国主权与领土之完整；(二)冀察行政组织不容任何不合法之改变；(三)中央政府所派地方官吏，如冀察政委会委员长宋哲元等，不能任人要求撤换；(四)第二十九军现在所驻地区，不能受任何约束。并加以结论曰，政府对于芦沟桥事件已确定始终一贯的方针和立场，且必以全力固守这个立场。我们希望和平而不求苟安，准备应战而决不求战。我们知道，全国应战以后之局势就只有牺牲到底，无丝毫侥幸求免之理。

如果战端一开，地无分南北，年无分老幼，无论何人，皆有守土抗战之责任，皆应抱定牺牲一切之决心云云。

七月二十一日　阴历六月十四日　星期三

晴，闷热。八时起后正准备出城，因身体疲倦而止，早点后又小睡。十时许有日方飞机多架，飞度甚低，盘旋于平市空中，机声震动甚烈，据观者云，前行一机机身侧斜，后随数数①机若追逐者状，少顷向西飞去。写家信一件，并附开应带平衣服、书籍、杂志、图章、念珠一清单，又附致柏甫函一纸，嘱其调查兴隆洋行运货汽车便。午饭后，又因嘱慕(慕)[韩]便中一访宋鹤荪，探询镇门事，另写两纸指示措词言语，写毕略卧，不复成寐。四时沐浴，食西瓜。六时赴舍饭寺，过达智桥邮局发家信。至李宅，楚卿托为其银号柜房先生薛银福办拒征兵事，在李宅晚饭。时七时，天气郁闷蒸热，汗出不已，坐谈至九时，始兴辞归。至宣武门，城门已闭，守警告以须绕前门出城，不得已，遂告车夫顺宣武门城墙根，即顺城街往东速行，至和平门，见城门正在掩闭，赶即闯出，甫过门即关闭矣。时正九时一刻也，较之绕至前门，可省路一半。晚室内闷热，在院中乘凉，至一时始入室睡，为入伏后第一日之炎热天气也。

七月二十二日　阴[历]六月十五[日]　星期四

早阴，午时转晴，午前即郁闷不能出气，静坐持扇，手不停挥，尤汗出如渖。早点后加以头眩苦热，遂电话县府请病假一日。午前小睡，派车夫购《大公报》及《观察报》各一份。据《大公报》载，宋委员长为求和平起见，昨日午前派石友三所部保安队程希贤旅至宛平接防，已令廿九军三十八师原驻防之团兵撤退，此本与日军所约定之双方同时撤退部队以待交涉办法也。我方既履约后退，不知日军有无诚

---

① 疑衍一“数”字。

意，但看如何解决。又载，廿日午后，宛平被日军炮击甚惨烈，宛平城内共落炮弹数百发，死伤军民甚众。经与日军交涉，既已约定退兵，何以又行炮击。据该日军云，系掩护日军退防。午后酷热尤甚，静坐汗出不已，全身无一刻无汗，虽沐浴后仍如常，晚饭后仍不见凉爽。入夜蚊子活动比寻常更甚，院中因蚊扰亦不能久坐。至十二时后始渐爽，二时始睡。

接旭初一函，据云，租业两方尚未办立案手续，王集镇索来由余办无问题，不过迟早不能预定耳。闻津市迁移者甚多，宋宅已在英租界租房，预备迁往也。

七月廿三日　阴历六月十六日　星期五

晴，由昨夜酷热，今早六时忽来凉风一阵，吹上黑云一片，欲雨而被风吹散。於晨睡正酣之际得此凉风，清爽异常，但顷刻风止，至八时后，依然炎热难耐。早点后仍疲倦不支，遂电话至县府续病一日。由十时小睡，至午正始起。一时半午饭，但因正在闷热，仅饭半碗。午后静卧，至三时后沐浴，终日一事不能办，虽静坐，汗出如渖。昨今两日，华氏表室内均在八十六度以上，诚入夏未有之酷暑天气也。至七时，忽又凉风急来，气候为之一变，较能舒气，但入晚又热。幸晨晚各报消息，芦沟桥自我三十七师撤退，改由一百三十二师赵登禹部填防后，日军亦渐退至丰台，华北大局似渐和缓，两日来除日方飞机不时飞来侦察外，迄未闻炮声，但看中日危机能否从此渐入外交常轨，此为盛暑酷热中差堪稍慰之事耳。十二时略作运身工课，即睡。夜二时为蚊子、热气所扰，曾起床片时，三时复睡，已觉稍凉爽矣。

（天头处记作：报载，黄溥泉已接天津县政府警察局警官之职，写一贺函并介绍王颐忱谋代位置。）

七月廿四日　阴历六月十七日　星期六

晴，由晨至晚，终日酷热，汗出如渖，赤背静坐仍挥汗不已。两餐仅备简单稀饭，仍不能多食。热气入夜仍不稍退，室内蒸郁如笼，不能睡，夜中为汗浸起者数次，由廿一日晚至今日已四时夜，酷热如一，迄未稍变，殊令人难耐。时局沉闷，日军不但未如约退后，而大军仍源源增援，由山海关至丰台车兵络绎，而日本国内空气更现硬化，前途危机甚多，殊少乐观。

七月廿五日　阴历六月十八日　星期日

晴，依然炎热。早点后，于九时余至骡马市华北理发馆整容，并购青酱肉及烟即归。午饭食稀饭、馒首、咸菜，饭后静卧，大汗不已。购《大公报》，见津市会考榜宏儿名落孙山，此虽意料内之事，但仍不免抑郁难舒者久之。数日未出门，头昏气结，又加宏儿今年初中会考不能及格，肝郁气闷，于五时后破格一往中央公园小游，藉遣胸中郁气。不意至公园各处散步，夕阳未下，地上热气上蒸，殊少清凉之气，旋至园后人少之地，觅一茶坐品茗，汗仍不止。至七时食炒面一盘，素饱一个。八时三刻归，入晚仍不能成寝，为汗浸起者数次，至三时后始入睡。

七月廿六日　阴历六月十九日　星期一

晴。七时三刻起，气候虽仍炎热，但蒸闷之气稍减。九时出永定门，门城皆半掩，沙袋已全撤。出城后，见沿汽车路运西瓜进城之手车、人力车络绎不绝。由廿一日(星期三)至今，已四日未出城。到县府与胡县长略谈近数日经过，据闻自廿一日起，中日双方约定将芦沟桥两军相持之军队各退出铁道外后，三四日来县城极平靖无事。府内公事亦无多，人心镇静，已渐恢复常态。胡公与崔景南兄星期六皆进城休息，惟近一二日来大局颇觉沉闷，日军不时增援，恐难乐观。正谈话间，迭接青云店、采育镇警察所长途电话，报告有日军开到数百名，占据民房，势将扎驻。又据报，(郎)[廊]坊已由早开火，战事剧烈。青云店、采育均为县境，地邻通县，日军似有节节进据北平近郊及包围南苑形势，至(郎)[廊]坊开战。据今日报载，昨有大批日军兵车由津开到，欲下车驻该处，我廿九军三十八师一部份劝止，不听，正在相持中云云。今日之接触亦在意中。多日未到县府，今日甫来，恶劣紧张消息源源而来，惟有镇静处之，照常料理公事，核改文稿数件，批阅到文数件。午后并饬政警购西瓜七枚一元钱的，请府内同人，并分犒政务警察二枚、传达处二枚。至五时，收发刘君劝余早归，即传派政警一名护送进城，时至斜阳犹烈，热气正盛。抵寓少顷，即由西单李宅来电话，嘱其宅眷属速回。六时半，余甫用毕晚餐，忽闻近处枪声大起，继之机关枪、大炮断续时闻，似在东便门、广安门之间，立即宣布戒严，内外城门皆闭，至七时余略止。旋闻街上行人云，发生事变系在广安门内土地庙一带，故枪炮甚近，幸入夜后未再发生事故，亦不再闻枪炮声，似已告一结束。当六七时枪炮声大起时，忽来一阵大风，气候陡变，至九时并略降小雨数点，风势仍未止，至十一时始息。连日昼夜酷暑蒸热，室内华氏表均在九十度左右，令人几不能喘气，尤苦者入夜热气并不稍减，室内蒸腾如笼，蚊子乘热肆威，不能安然入睡。今晚枪炮之声起自三二里内，虽然镇静以待天数，究属祸在眉睫，不无惴惴。天公作美，居然凉风大起，暑气顿销，得以酣然畅睡一宵，迫在咫尺之事复亦不暇顾虑，是以终夜佳眠，为一星期来所未曾有者也。

七月廿七日　阴历六月廿日　星期二

晴。昨夜酣眠，至今早八时始醒。起后闻昨晚之事，有日军数十人乘城门开放闯进广安门，守城者当即闭门，未进城者势仍欲进，遂彼此开火，将已进城者经我军警包围在广安门内王子坟一带，该处距土地庙不甚远，土地庙距寄寓仅二里许，故枪炮之声如在目前也。今早内外城门皆关闭，余不得赴县府。昨接信诚银号通知，萧紫鹤汇来百元，今早九时，梅往廊坊头条取款。廿五日接宏儿来笺，知慧女已报名投入看护训练班，此女个性坚强，关心国事，此举备作为国效力，稍尽国民天职。余拟不加干涉，惟慧女多病之身，已四五年不能上学，亦多年不出院门，恐其不能受此(幸)[辛]苦劳碌，除此一端，余不他虑也。午后二时余，广安门又有日军进城，故又临时宣布戒严，由三时起，闻远处隐隐炮声不绝，至五时后略息。沐浴后默念观音菩萨五百声。晚饭后女居停张太太来谈，并送来其先德《张文厚公文集》六册。公讳亨嘉，号燮钧，翰林，历任湖南、浙江学政，光绪末充部侍郎，余于十八九岁即闻其名。至十二时又闻近处机关枪数起，整夜炮声未断，至三时后始入睡。

七月二十八日　阴历六月二十一日　星期三

晴阴不定，早并小雨数点。由晨炮声不断，内外城由昨日起完全关闭，幸昨日紫鹤款到，昨今两日清晨嘱梅上街分别购诸食用必需各物，以免战事延长，无处可买。八时购《实报》号外，宋哲元昨发通电，历叙近数日日军在各处炮轰机炸情形，并表示抵抗、听命中央云云。据报载，暗示日方近日似有威胁宋氏签订城下盟之意，但究不知要求何种条件耳。十时，又据各报刊发号外佥载，两军已正式开战，我军已将丰台、芦沟桥、廊坊于今早夺回，北平四郊已无大批日军，已向天津败退，我军在奋勇追击中。自十一时至三时，已不闻炮声，纵间有数声，闻声已较远矣。四时后，炮声又起而密，声震屋窗甚响，且有日军数架飞翔平市上空，炮声、机声相混，振耳几聋，飞机并分散天津《庸报》号外，不外宣传日军胜利谣言。六时，飞机虽无而炮声仍烈，闻街上人谈有得消息者，据云，日军一团进攻南苑廿九军军部，该军全数退出南苑，均避匿民房，比日军占领南苑兵营后，我军遂出，将南苑包围，日军无一得逃者。据云，日军团长一名知全军中计蹈入绝境，遂自杀。果如所闻，亦属快事。自从午前平市商民得到我军胜利消息，人人欢舞，喜形于色，而各报刊发号外，报贩沿街叫卖，人民争先购阅，可见人心奋兴，同仇敌忾。六时叫大兴县府电话，据云已坏，未得通话。据《平报》号外载，大红门似曾已失，又行克复，但语焉不详。不知胡县长暨阖府同人昨今两日作何安全打算，殊切悬系。七时半晚饭，炮声隆隆，震动屋瓦，至九时略停。十时炮声又起，且极速密，至夜十二时以后始停。一时许，忽有警察叫门，挨户告以预防敌人毒气简法，其法将大蒜捣碎，合以黄土老醋成泥，置口鼻间。（旅）［旋］各住户均起，纷纷购醋买蒜，寻觅黄土，余亦出购办各物，幸对门酱闻声已起，各物顷刻齐备。亲手捣蒜制泥，忙乱一阵，但亦未用。自十二时炮声停息后，迄未续闻。余至四时后始登床入睡。

（天头处记作：正式开战。）

七月二十九日　阴历六月廿二日　星期四

晴。昨夜整宵未敢睡眠，于今晨四时始入睡，一觉醒来已午前十时矣。甫醒亟索《实报》展阅，始悉大局已于今晨一时急转骤变。盖昨日夜廿九军与日军接触，各线均败，牺牲损失均甚巨，南苑军部战事尤极激烈，被炮轰机炸亦最烈。新由固安开来之一百三十二师赵登禹全部伤亡甚大，赵师长及二十九军副军长佟麟阁行踪不明。宋哲元赴保，委张自忠代冀察政委会委员长兼北平市长，秦德纯随赴保，平绥路局长张维藩、警察局陈继淹均辞，时局至此，不禁悲愤莫名。午接楚卿电话，承询余何日进城并询胡以皮县长消息。据云曾电问其宅，亦未接消息也。报载，昨日大红门一带战事甚烈，况又密迩，南苑殊堪忧虑。当即叫大兴县电话，据电话局回答，该处电话叫不来，想县府并接电话之人亦无之。余虽自幸由廿六日进城，转日即不得再往，幸免此难，但一思及胡公及同人，焦虑万状。午饭，睡至四时半始起，据云，由早至此时极安静，亦无炮声，且无飞机。五时又叫县府电话，仍无人接电，胡宅亦未接通。至菜市口大街巡游，见各商开门者皆半掩，未开门者甚多，各处妇女乘车逃难者亦不少。宣武门已半开。购《世界晚报》归，知张自忠已于今日下午二时分别就任政委长、绥靖主任、北平市长各新职。平绥路局、警察局已分别由潘毓桂、张允荣接任，对大局重要政闻绝少登载，似时局仍甚沉闷也。六时甫返寓，又闻南城外炮声由细而巨，由远而近，最密时如机关(机)[枪]，至九时始止。似此合战未经根本解决以前，余寓逼近彰仪、永定两门之间，倘再发生战事，甚以炮火为虑。晚忽想到，拟明日迁往西城舍饭寺李楚卿宅暂住，虽不算完全安全地域，但似可离开外城稍远，炮声不致震动屋瓦皆摇也，议定，看明日情形如何。昨日与今日与宏儿写信各一纸，因无处购邮票，未能发出。入夜天气凉爽，间有小雨，一夜安静无声，睡甚酣。

七月三十日　阴历六月廿三日　星期五

晴。晨起阅报，殊无重要消息。十时许，西北方炮声又起，并杂以机关枪声，甚清晰，至午刻始止。略整理应用衣物，拟迁往西城李宅。余于十二时先往查看情形，甫出胡同，遇县府同人高桐斋，渠正来相访，当约其至寓。据桐斋云，渠昨午出永定门，行至观音堂即被日兵哨兵截回，见该处大道旁死尸甚多，不(变)[辨]兵民，途遇县府警士公役，据云胡县长似避在民房内，县府未被日军占据，但亦无我方人役看守，劝高不必前往，遂回城，今日城外能否通行，尚不得知等语。余日来甚以不得胡公及同人安全消息为虑，据桐斋云，昨日与胡宅通电话，据说已得消息，在大红门民家甚安云云。余至此始略放心，盖恐彼等退入南苑军部也。桐斋辞去后，余略用饭，即赴李楚卿宅，至则即闻楚卿言，已得胡以皮消息，昨已安然进城矣。余闻信即赴栖河楼胡寓，至则与胡公晤，见崔

雪盦日记　御

起七月三十日讫九月四日

接七月三十日

景南、刘敏斋、高桐斋、范仁甫及县绅白焕亭均在座，分致慰劳之意。谈悉之下，欣悉县府同人自胡县长以下均平安，县府所在之大红门村官廨民房均未被炸，人民亦少伤亡，惟守大红门之三十七师所部王营长腿上略受炮炸轻伤，已进城入院矣。彼此称庆，欣慰莫名。地方绅士白焕亭、高桐斋等既在座，略商筹设救济会事，并拟在城内择一相当地点作为县府临时办公之处。余主张，现在北平政局混沌万分，须加调查，稍俟明朗后再设办公处，此时虽组设，对外以无表示为宜。四时，宾客均先后辞出，余仍返舍饭寺李宅，报告楚卿晤胡经过。见《世界日报》及《晚报》均载天津战事仍极激烈，南开大学校被日军轰炸，并纵火焚烧秀山堂、思源堂、图书馆及教授住宅，并波及附近民房，火势日夜未熄。余津寓距南中近在咫尺，阅报忧心如焚，与津通电话亦不通消息，无从探询。晚宿于楚卿宅，每一思及津寓，绕室彷徨，焦虑不可言状。晚姑拟一电稿，致兴隆洋行柏甫侄询问，不知能发否。昨廿八日写一纸，廿九日又写一纸。与宏儿所写一信，于今日五时付邮，更不知何日始得达到也。三时入睡，时小雨淅沥声，益难成寐。

七月卅一日　阴历六月廿四日　星期六

阴，由今晨三时起小雨，至今早十时仍未止。于十时余醒后即起，冒小雨由李宅返寓，至邮局发昨晚所拟致津电，据云，平津有线电报已数日不通，无线电或有通电可能。阅《世界日报》，时局仍无明朗表示，报载宋哲元致张自忠一艳电，略谓兄今早三时到保，为贯彻和平主张，已令饬北上中央各部一律在到达地点停止待命，第二步再设法令其调回，望即转达日方，勿对各该部有军事行动云云。据余观察此电，似由某方伪造，宋既不应如此哀求，且亦无权“令饬”中央军停止前进也。以“令饬”两字观之，此电尤为庸人手造耳。又载，天津战事昨晨渐趋停顿，津市今晨卅一日。一时大雨，三十晚燃烧各处因此已渐熄灭，南开大中学昨日仍在燃烧中。如果该校中学部亦在炸烧，津寓更属危险也，为之心悸。一三二师师长赵登禹阵亡已证实，忠骸已移停龙泉寺，佟麟阁副军长捐躯亦属实，忠骸已觅得运回私寓。忠烈永垂青史，民族英(族)[雄]当之无愧。哀哉。平郊伤亡将士至此仍少妥善救葬办法，呻吟委弃青草碧血间，国人愧对为国牺牲之忠魂矣。天津、北平难民成群结队，流离荒郊街市，阅之伤心惨目，不忍卒读。据《晚报》载，天津今晨四时半左右，日军向中国阵地攻击，五时左右炮声不绝，震动全市。又载，日军已抵长辛店，良乡以北不见华军踪影等语。但以上消息均为天津同盟社所发电讯，确否待证。北平城内今日由晨至晚十一时极安静，并无枪炮声，终日小雨接续未断，路上行人稀少，各商号依然半掩市门，景像备觉凄凉。午前返寓后，竟日未出门，晚于天气阴霾细雨、清凉如秋中，提前就寝。

八月一日　阴历六月廿五日　星期日

晴。九时起。报载，时局仍极沉闷，津方亦无确实消息，时时以家中安全为虑。午后，赴胡县长宅未遇，与其夫人稍谈。赴郭仰宗宅，渠正同友作竹战，如此时局，尚能安闲若此，真不可及也。不欲扰其清兴，稍坐即出。赴总布胡同王祝三宅，据谈，此次廿九军失败完全误于宋哲元氏和战不定。盖当芦沟桥事变初起也，宋氏滞留原籍，比抵津，似为主和派包围，尤受亲日派曹某、齐某劝阻用兵，比及返平，宋仍主和，但其部下秦、冯不从，并表示如主和概不与闻，并闻冯治安径电中央，声明不参加和议。及战事猝发，全军无正式负责指挥之人，步骤殊不一致。及至廿八日决定退保定，亦未下令南苑驻军使退，前方将士既未奉到上峰退军命令，故仍死守，致遭全军尽没之惨云云。哀哉。又言，此次投降之某师长除受日方巨款外，并得日妇一人，且此日妇并为贵族妇女。果如所言，亦属美人计故套耳。七时由祝三宅返，途经霞公府无线电台，将前晚所拟致津探询家眷安否电稿拍发。闻该电台云，各处发电积压盈尺，挨号拍发，颇需时日，发津普通电二三日尚不准发出，若加急电，亦须明日始可发出。遂按急电发出，每字加倍，电费计一角四分。自译者每字七分，代译者每字八分。电文如下："急，天津 0483(天津兴隆洋行挂号)，袁柏甫，南开寓安否，速电平行转润。"计十七字，共合电费二元三角八分，时为下午七点正也。发电取回执后，赴兴隆平行晤吕君，告其发津电，并托如接复电，请以电话通知，稍谈即归。但不知此电何日能达，又至何日始能接复电也，悬虑万分，惟有默祷宅眷均无恙耳。午前与紫鹤写信一封，报告平郊战事经过及津战不得确息，并致谢汇款百元，此函于下午七时半发出矣。

八月二日　阴历六月廿六日　星期一

阴晴不定，(三伏)闷热。午前又与慕韩写信两件，一寄西头老宅，一寄英中街花旗银行。午饭后沐浴一次，浴毕汗出不已。五时赴观音寺萃华理发，六时半归。崔景南来访，谈许久，据云，永定门外拥挤，难民甚多，城门不敢开，恐有便衣队混难民中进城也。各慈善机关纷纷出城施救护工作，难民中妇女首先均被收容，城内各收容所亦均患人满。报载，天津市长由张自忠电令边洁卿守靖代理之说，另讯津市治安维持会亦将组织成立，高泽畲凌霄氏任委员长，一两日中即可办公。津特一区昨晨仍有战事，飞机亦出动，大经路一带因余烬复燃，烟云弥漫。午后稍息。晚报载，北宁路今晨派运料车开往廊坊修理路轨电线，平津交通三二日可通车。又载，津难民达三四十万人，当局及地方正积极筹组大规模收容所以资救济。今日午后四时余，由南方天空飞来飞机数架，散布《国民晚报》，该报系在天津日界宫岛街。平寓院中落下三张，检得一张，系八月一日第五号报，盖为日方新出版之机关报也。据该报载，数日来日军清扫工作，天津中国地带之华军溃灭四散，只余少数便衣队，一般渐入平安，一日下午，金汤桥附近中国菜市场已开市交易，恢复平常状态云云。又载，中央军北上，日机将保定车站轰炸，因站上停有无蓬车十列，满载华兵等语。另闻友谈，尚由飞机散下天津《庸报》，因未检得，不知所载何语。晚闷热挥汗，至十二时后始渐凉爽，夜三时又需夹被矣。

八月三日　阴历六月廿七日　星期二

阴。九时半起，早点后，于十一时余赴栖河楼胡宅，崔景南、王伯涛已先到。坐谈间忽大雨，一刻许即止。胡公对筹设临时办公处事尚无进行，县府亦无人前往维持。永定门外至南苑间虽可行人，但城门开闭无常，南苑方面仍有少数日军，虽尚无骚扰情事，但不免时有需索钱物或令召女人等事。余在胡宅略谈一时余，辞出返寓，用午饭。时局仍甚沉闷，亦无新消息，终日亦无飞机前来。据报载，津市四郊昨已平静，河北一带居民悬日旗，廿九军一部自天津向后方撤退，津治安会昨晨开会决议：(一)向银行借款救济难民；(二)接洽恢复交通；(三)以刘玉书、张志澂、孙润宇、沈德午分任警察、财政、总务、社会四局长。北平方面，四郊难民昨晨经各慈善团体由广渠门进城之通县难民二千数百人，由左安门进二百余人，总计约达三千人，均分别安置各收容所，内中以妇孺居多数。各外籍慈善家办理掩埋尸体、救护受伤兵民工作，均极紧张，此差堪庆幸之消息，亦人类同情之功德也。又据报载，韩复榘由徐州返济，已与刘峙、胡宗南等举行军事协议，韩氏专任胶济线并青岛防备。又另讯，青岛市民迁走者已二万人，尚有大批群集车站者。据以上消息，山东军事行将吃紧矣。天夕收拾旧存函件书籍，未出门。晚天阴甚沉，气候已凉爽。十一时余寝，思念家乡兵灾不知何日始得消息，虑及个人前途、职业毫无光明途径，百感交集，忧心如焚，寝馈为之均废。

八月四日　阴历六月廿八日　星期三

阴晴不定，闷热，华氏表室内终日在八十三四度。早起后即觉精神不振，心内郁抑，由昨日起悬念津寓，心情时加紧张，致今日心(恢)[灰]意懒，痛苦难名。早点后仍昏睡两小时，至午后二时勉强进午饭，饭后又睡四时，醒后精神更觉萎顿，且略头眩，似昨夜略受寒，今午又受暑也。原拟赴西单舍饭寺李楚卿宅，因精神不佳作辍。五时购西瓜一枚，食四分之一，盖未尝此味已一星期矣。五时余，忽来黑云一块，暴雨一阵即止，气候仍不见凉爽。今日报上对于时局仍少新闻，于津门消息尤无只字登载，殊闷损也。惟载日大使川越已由津飞大连，即转轮入京。又据东京三日同盟社电，近卫在众院答辩，谓对华北事变不扩大方针依然不变云云。

八月五日　阴历六月廿九日　星期四

阴，由晨大雨，至十时余始渐止，午前气候甚凉。九时余早点后略卧，默诵《阿弥陀经》《大悲咒》数遍，并默念佛号及观世音菩萨号各三百声，以为祈祷天津宅眷平安。二日与慕韩、柏甫两侄曾写信一件，询问津寓情形，惟因邮局不能负责即递，故迄未付邮。阅今日早报，知北宁路即可通车，遂又加写一纸，盖由一日下午七时发急电后，至今五日之久，尚未得复。日来废寝忘餐，日夜悬念也。午饭后小睡，五时出门，步行至达智桥邮局，发一日及今日所写致慕、柏两侄家信。据邮局云，普通信件仍无把握，快信较可早递，遂按快信发出。归途购《张文厚公荣哀录》一册，刻正读其后嗣所送《张公文集》也。阅《晚报》知，平津车已于今早九时由平开往天津客车一列，此为廊坊战事发生后第一次开行之客车。报载，旅客备极拥挤，头等二辆、二等一辆均为外籍人士占满，三等六辆亦均为中国人挤无隙地。由七时即有到站购票者，此列车准于九时在大雨滂沱下开出东站，此后是否按日开车，须视今日之车成绩如何而定。晚饭后，卓月波来谈一时余辞去。由十时半又大雨，十二时就寝时尚未止也。

八月六日　阴历七月初一日　星期五

阴，终日降雨，旋降旋止。午前作净课一堂，午饭后张居停来谈。报载，平津每日对开客车一次，平津交通赖此得稍疏通。连日阴雨，不得出门，又加津寓音信至今全无，令人闷损欲绝。晚九时又大雨一阵，街市行人绝迹，声息寂静，凄凉万状。十一时就寝。

八月七日　阴历七月初二日　星期六

阴，上午小雨，旋降(旅)[旋]止，午后雨止而仍未放晴。午时作净课，下午又与慧女、宏儿写家信一件，寄至南开寓所，备言一日发急电一件寄至兴隆洋行交柏甫，五日又发快信一件，寄至西头老宅，以上所发函电已经多日，何以至今未接复信，致使近数日来在平悬系万分，废寝忘餐，见信后无论如何立刻来一回信或拍一电，以慰悬念等语。此信于下午五时送交达智桥邮局，按平快信发出。天夕至李楚卿宅，胡以皮县长已先至，谈至晚十时，因天已较晚，李、胡均坚留，遂未归。据晚报载，平津仍每日九时对开客车一列，乘客仍异常拥挤，至八时已不售票。由津开平之车须下午五六时始到，在永定门站须受严密检查。又载，平站上贴有字条云，据悉旅客在津下车，若无相当证明，不易入租界等语。余近日不得津寓消息，焦急几欲发狂，原拟回津一行，惟因平津站上旅客受此麻烦，诸多不便，惟有缓行。在李宅与楚卿、以皮谈至夜，三时始就寝，时又闻窗外小雨淅沥矣。

八月八日　阴历七月初三日　星期日

阴。立秋节。八时半醒，小雨如毛，略阅报，于九时由李宅返寓，时以皮仍未起也。报载，今日午前十一时，有日军由朝阳、永定、广安各门分队进城，在东长安街集合，由官长训话后分驻天坛、铁狮子胡同及旃坛寺，稍作休息，即将离平，警察局据已通饬各区署转告商民勿惊云云。顷闻，由广安门入城部队经骡马市往东，并沿途张贴日本布告，勿使惊慌，照常安居乐业，此为北平政局变故后第一次开进日方军队也。平津交通仍每日上午九时各开一次，客车拥挤异常。天津仍无消息，忧闷欲绝，早晚两餐均不欲下咽，无论如何开遣，依然坐卧不宁，又加连日阴雨不晴，益令人郁郁难过。购西瓜一枚，午后及临睡前各食一半。睡前濯足，十二时登床，不能成寐，起身吸纸烟一支，二时始就睡，尚闷热也。

八月九日　阴历七月初四日　星期一

晨晴。九时余起，十一时又阴雨一阵。早点后仍昏昏又睡，午饭勉进米饭一碗，连日食量大减，几不知饿。饭后又午睡，至四时起，思及津寓至今毫无消息，闷坐久之。不得已又与张杰臣写信一封，询问津寓是否安全，慕韩、柏甫何以无只字答复，函内有无论舍下是否安全，均请见信后立刻复我快信，近数日盼消息，已夜不成寐，食不下咽，令人焦急欲死等语。写毕，于四时半亲送至达智桥邮局发快信。入伏以来，月余未至澡塘沐浴，今日赴西四华宾园沐浴，捏脚修足，近日湿气甚重，捏脚略放黄水，身体得以稍觉清爽。八时始出园，至香积园食素卤面一碗，糖包两枚。今日气候湿热异常，为入伏后仅有之天气也，晚饭时尤热，食毕急归。购甫由津来之当日《庸报》一份，售价竟至一角，又购本日《世界日报》及《晚报》各一份，此为该早晚刊最末一日之报也。事变后，平市日报除急改论调尚可出版外，其宗旨不变之报均有相继停刊之趋势。灯下阅各报，无特殊新闻可得。十一时后渐凉爽，一时就寝，至二时始成睡。

八月十日　阴历七月初五日　星期二

早晴，午后时阴时晴，气候湿热，殊甚令人郁闷。经昨日沐浴及捏脚放出湿气黄水，故今日精神略爽。九时余竹盦老人来看望，谈半小时即去。午饭后小睡，三时起时阳光正烈，地上多日积雨重湿为日光蒸发，令人郁闷难耐。临《张迁碑》大字五页，数月来迄未临池，手僵几不能握管。临碑毕，与高少洲写信探询津寓安全情形，伏案多时，汗出不已，头晕目眩，心中闷甚。拟赴李宅，因天热而止，急购西瓜一枚，食半个，略凉爽。夕时与兴隆平行打电话，据该行同人杨君云，昨接天津家信，南开一带住户未受轰炸之厄，西头一带甚安，家人均逃避西头等语。盖杨君在津住南开松盛里左近，与余寓相距不远，杨君既得家中平安之信，余寓当然亦安全。如内人子女等遵照余七月十一日家信指示，必要时暂避西头老宅办理，亦可少受惊慌。余十余日来日夜焦虑家宅眷属安全问题，今得杨君电话，虽由间接知到南开一带消息，亦可稍慰矣。晚饭后决定不发寄高少洲一函，又与慕韩侄写信一件，寄至英租界花旗银行，追询何以不来一信。晚在门前购本日天津《庸报》一份，已由每份一角减至三十枚铜元矣。据载，天津治安维持会已组织成立，从前市府各局职员事变后已星散，刻正招集登记，财政局被炸，案卷、仪器、桌椅等件损失大半，局房毁五十余间，现迁至前保安司令部办公，津市各租界与华界交通尚不便利，各机关职员虽有关饭碗之登记复职，尚不能踊跃前往，其他无关要事者更轻易不出门矣。于此始恍然大悟家中不能来信原因，恐无法向邮局投递耳。报载，高五爷任津维持会委员长，各属局正在派人组织，李仲可有任电业监理处处长之说。十二时，赶紧与宋旭初写一快信，托其预为道地，又因旭初寿日将届，便中祝嘏。写毕，预备明日清晨送邮局，赶明日早车寄津也。夜又食西瓜半个，气候至夜深仍不凉爽，三时为汗浸醒，旋又睡。

八月十一日　阴历七月初六日　星期三

晴。九时起。早点时接柏甫侄七日十时所写的回信，欣悉津寓丝毫未受损失，内人子女等于七月廿九日晨二时枪炮响后，即于早八时安移西头老宅，现仍未回，寓由刘二留守，并云西头极安，惟津市交通至今仍未完全恢复。柏甫截至七日尚未能到行办公，慕韩已于五日设法到行，但不能每日返家云云。悬念十余日，焦忧难形容之盼望家信，至是始可释怀。至余一日所发寄至兴隆洋行急电，柏函虽未言及，想津市交通多阻，未能到行，该电亦无法得见，至多日不接来信，谅亦因交通阻滞，无法到邮局投信也。今日整日精神极佳，午前尤好，居然不复昏迷思睡。作净课一堂，午饭亦健饭，饭后亦未午眠，临《张迁碑》五页，沐浴一次，所谓人得喜事精神爽耳。五时余赴西城楚卿宅，晤孙健泉，谈时局甚久，据云，殷老五因日方责以责任问题已被害，并闻有张某被部下枪击之说。九时归，购《庸报》一份，已索价廿四枚矣。由早至晚，终日郁热，午后四时至八时尤甚，汗出不已。昨晚与宋旭初及慕韩侄花旗行两函，已于今早七时付邮，闻仍须明日始得寄津也。

八月十二日　阴历七月初七日　星期四

晴，早晨即酷热。九时起后崔景南、刘敏斋同来，敏斋奉胡以皮命，约崔君及余前往刘宅，议商与大兴绅士合作共同维持地方事决议。胡请假委一人代理，与绅士合组维持会，在城内觅地办公，表示县府有人员负责。胡公问余及崔君何人愿出任代理，余以体弱不胜繁巨坚辞，并力保崔君代理，崔初亦谦逊，经余竭力敦促，已有首肯意，又谈近日战局新闻。余因时已午后二时，天气炎热，遂先辞出返寓。三时始进午餐，餐后小睡，夕阳既下，仍甚热。六时接兴隆洋行平处电话，谓顷接天津来电一件，遂派小江往取，并发昨晚与宏儿、慧女所写家信平快，嘱其津市交通如便，将重要衣物、文玩、《四部丛刊》四箱运送兴隆保存，家中如用钱，可向兴隆暂行浮借若干云云。及小江取来津电，系柏甫侄于昨日拍发，覆余一日之电，谅柏甫近始到行办事得见该电也。晚饭时单五太太来谈。至晚十一时仍热，夜深二时始入室就寝。

八月十三日 阴历七月初八日 星期五

早阴，午晴，仍酷热。午饭后一觉醒来已四时矣，汗出如雨，饮冰镇三豆水一碗，凉沁心脾。天夕拟赴西城访楚卿，但至五时忽由东北方升云，雷鸣不已，旋小雨，片刻而止，凉风徐来，温度陡降。购今日出版之《北晨晚报》一份，知沪上中日两方今日已有接触之消息。七时接张杰臣复函，系十一日午时发也。晚与高少洲写信一件，托其对于津寓需款随时接济，并请其通知平行同人，将来余如滞平日久，月薪不能支给，友朋亦无力通融时，恐有小挪借云云。

八月十四日 阴历七月初九日 星期六

阴晴不定，午后三时余大雨一阵。五时三刻赴西城舍饭寺李宅，便道发致高少洲平快函。至李宅，楚卿劝搬进城内，并云成方街有房，朱壶山愿代领看。余允明日往看，在李宅晚饭，八时欲归，坚留不允走。九时胡以皮兄亦到，遂决意作竟夜谈。晚同听无线电报告新闻，及阅今日各晚报、天津《庸报》，均言沪战甚激烈，中央军飞机轰炸甚得力，南口战事亦正剧，日军有退昌平讯。与以皮计议结束县府事另有新的计画，倩余代拟致各绅士函稿。以皮近日顾虑身家安全问题，形容甚见憔悴。余于四时入睡，渠与楚卿尚作密谈，至天明未交睫也。

八月十五日 阴历七月初十日 星期日

阴晴不定。九时起，楚卿、以皮竟夜未眠，正阅报，旋以皮先去。余于十时赴成方街，访朱壶山看房，房址甚僻，诸多不便，婉言谢之，遂返寓。盥漱毕，十二时午饭，饭后便睡。三时余起，代胡以皮拟致绅士函稿，五时余脱稿，正拟派人送至楚卿处，旋因闻街人因有拉夫之谣，车夫纷逃而止。至单宅，告其财政局所办房产登记已代调查，登记费按千分之二收，另有其他零星小费。回寓晚饭，甚疲惫，(起)

[提]前就寝,自经前昨两日秋雨,暑气大销,已凉爽矣。

八月十六日　阴历七月十一日　星期(二)[一]

阴晴不定。九时起后身体疲惫,精神不佳,早点后又复小睡,醒后意懒心郁,勉强进午饭。饭后又睡,至四时起。五时赴西城李宅,婉却朱壶山代找之房,将昨日代胡公所拟函稿交楚卿转交。在李宅晚饭,正欲返寓,接电话广安门内正过军车,嘱余不必回寓。八时余小雨,西单一带商家亦均闭门,街上行人亦少。与楚卿谈至四时始睡,但又被蚊子所扰,久之乃入睡。九时及十一时半听无线电广(扩)[播]报告,沪上空战甚为激烈,双方互有重大伤亡,南口及良乡、静海各路亦有战事。

八月十七日　阴历七月十二日　星期(三)[二]

阴,早小雨。八时半醒,起后即由李宅回寓。在西单购《晨报》及昨日天津《庸报》归,西单迤北菜市晓市列陈各种青菜,种类繁多,但购者极少,市面萧条,于此可见。返寓后,盥漱早点,昨夜未眠,但今日并不困倦,天气闷热,久阴不晴。晚濯足后寝。

八月十八日　阴历七月十三日　星期(四)[三]

仍阴,忽雨忽晴,天气郁热。精神颓唐,既不欲展卷,亦无兴握管,终日除昏睡外,默念佛号。午后正拟出门沐浴,但闻广安门大街通过军队络绎不绝而止。晚至西院听无线电报告。

八月十九日　阴历七月十四日　星期(五)[四]

仍阴,时雨时晴。早接柏甫十六日回信,知津寓重要物件及皮衣幸于事先运至兴隆洋行,惟书籍笨重,无法迁运。同时又接高少洲复函,对于通融款项事已函知平处,旋接平处杨晋三君来电话,谓接津行信,何时用款请即来取,余答以现尚不用。午饭后略息,二时出门,拟至西单沐浴，因正遇军队，遂改道，至王广福斜街一品香沐浴理发。六时归，阴雨正浓，天气闷热，甫至寓忽大雨，少顷即止。晚阅《曾文正文集》，十二时寝，又大雨一阵，经一时始止。

八月二十日 阴历七月十五日 星期五

阴，晨雨甚大，九时许止，终日阴霾，晴时甚少，且小雨不时旋降旋止。近半月来淫雨连绵，湿气上升，天现凄惨之色，人无舒气之时，今日节届中元，尤使人增加无限凄凉之意。早点后作净课一堂。午后复慕韩、柏甫侄一函，仍言设法将《四部丛刊》等书及字画箱运至兴隆洋行，并嘱内人等暂缓返寓及分担米面费用。五时余，步行至骡马市大街，购电灯泡四枚，发慕韩信，见军用载重车由广安门开来，络绎不绝，多辆转进宣武门，亦有径行往东至虎坊桥者。盖由广安门大街经菜市口，及分往宣内或往东行，此处正为必经之路。由晨至暮，随时不绝，行人及商店皆延颈翘望，但亦彼此相安。阅《北晨晚报》，河北省各县地方维持联合会已于十日成立，刘宇民、王鹤年、白浣亭诸公皆为委员，白、王二君担任总务处，今日该会招待新闻记者并发宣言，又由白浣亭君说明成立此会宗旨，盖注重救济各县被难人民，如一方补救食粮之缺乏，一方使弃田禾而逃往四方之农民急速返家，以备秋收之农作，此即所谓治标治本、双管齐下者也。该会由河北各县留平富绅巨商等组织而成，该会委员既多熟人，拟日内往访刘宇民一谈。又载，冀察政委(员)[会]已结束，该会重要人物已纷纷去津。北平市长已由北平地方维持会主席江朝宗兼任，已于今日到任，税收机关如统税局、烟酒局、清查处已分别更换。七时又大雨一阵，达一小时始止。十二时练习运身功夫后即睡。

八月廿一日 阴历七月十六日 星期六

晴，连日淫雨，潮湿甚重，今日始得放晴，秋风习习，着身甚爽。早接宏儿来笺，知已返回南开寓。早点后，于十二时至大红罗厂刘宇民宅，稍候，与刘君会晤，见面之后即约余在其维持会帮忙，余答以既属河北省人，理应稍尽义务。旋该会常委白浣亭、王鹤年亦到，均旧识也，又新识委员宁夔扬、石小川、张修府，得聆彼等谈会中近日工作情形及时局现状。余于午后五时始辞出，临行白、王、宁诸君与余约定，俟明日将增聘余加入该会，提出会议通过后，约予后日到会办事，余亦允之。五时半至西单小食堂，食炒面一盘，盖至是始午饭也。食毕赴李宅，胡君适亦在，当告以顷所闻于白浣亭所云，某方已委崔麟台继任大兴县长事。胡对县事似仍优游寡断，一误到底，稍坐即借辞辞出。返寓，据寓中人云，由午三时起闻大炮声不断，且西单于三时左右尚有一度小惊扰。晚至西院听无线电，十一时半回，练运身术睡。

八月廿二日　阴历七月十七日　星期日

晨晴，午后又阴。早飞机多架飞过，声甚大，震动屋顶。九时起，早点后与宏儿写回信尽七纸，告其查看情形，仍以回西头老宅暂住为妥，并告兴隆借钱事已得高少洲复允，如汝母不欲向该行支用，即典质金表等件维持现状，又教其练习大小字应痛改者两端。午饭后小睡。五时出门发家信，购名片纸，又至宣外大街书铺一看，近日苦无书读，拟至书肆物色，竟无当意者。六时归，居停来谈。七时晚饭，饭后写名片十张，备明日拜客用也。凉风飒爽，大有秋意。十二时练运身术后睡。

八月廿三日　阴历七月十八日　星期一

阴云密布。七时半起，九时半出门。先至李宅，楚卿已出门，候片时归。与刘宇民宅通电话，知其已赴维持会。十一时在李宅用午饭，午后与宇民又打电[话]，因该宅电话已坏，无法通话。由二时小雨淋淋，三时忽大至，四时余始渐息，雷亦渐散。今日由早至午后三时余，西南方炮声隆隆，断续不已，有时炮声较大，似在二三十里以内，旋闻朱壶山到李宅云炮声来历，系刘桂堂、孙殿英旧部，组便衣队受日军接济后，但不打中国军而反扰乱日军后路。近日炮声即日军在近郊剿办此项便衣队也。所闻如是，不知确否，然以炮声忽有忽无，三五声或十余声即止情形测度，亦非若与正式军队对垒之状耳。五时由李宅赴刘宅，至该宅知宇民下午又到会办公，仅与其管家徐某留住址、电话号码，嘱其俟贵上归代为通报而已。遂出，至西单购食物，换车返寓。终日沉阴，且秋雨凄其，暑气全消，凉爽异常。六时晚饭，十一时作练身术，就寝。

八月廿四日　阴历七月十九日　星期二

阴，午后闷热。十二时至大红罗厂刘宅，知宇民已赴维持会。据阍者徐某云，六爷问何以不到会里去，余答近两日未与六爷接头，不知关于我的事已否提出议会。徐云不必候提案，请即到会可也。余遂由刘宅往府前街石碑胡同口外迤东河北省地方维持联合会，访刘宇民，稍候延见，经其引导至常委办公室，对众声言约余在秘书处办事。随与王鹤年、白浣亭、张律生各常委会谈，惟闻该会秘书处现被朱某把持，排斥异己，对余加入该处似有消极抵制之意。白浣亭知其意，遂邀余至其总务处，垂恳帮忙，情词殷拳，余漫应之。在该处坐至四时，白君因事出去，余亦甚觉无事可办，遂出，至西湖食堂食炒面一盘。后至李宅，遇冯五、孙剑泉，谈时事甚久。据云，今日由晨至午后，从南至北过飞机数十架，想平绥线南口一带战事甚烈也，炮声亦终日时继时续，但声音较昨日稍远。在李宅晚饭后，八时许即归。归后，寻思冀地方维持会原属以地方人士办理地方救济事业，凡属在会人士，均为桑梓尽些许义务而来，既非争权夺利之处，亦非升官发财之所，尚何把持排斥之有。今该会竟出现此种败类，发生此项怪象，其人非汉奸国贼，即属毫无心肝，悲愤之余，不禁为国家前途痛心。由今日起，订阅天津《庸报》一份，藉以略得乡里消息，非为看其过度宣传战讯耳。十二时作运身工夫后就寝。

八月廿五日　阴历七月廿日　星期三

竟日沉阴，天气凉爽。八时余起，早点后又小睡。午饭后，一再思索维持会内幕复杂，份子不纯，已决计不再参加，以免睹此预作亡国奴者之怪状。但此次完全出于刘宇民之邀约，复经白浣亭、王鹤年诸君赞成欢迎，若不言而退，似对不起刘、白、王诸君盛意，遂决定今日再到会一次，以便与诸君说明婉辞。当于二时赴会，仍在总务处坐谈，白浣亭已出，留言请余到后在处帮忙，阅今早议录，规定秘书六人，各处干事三十人(总务处十人)。至六时，白君仍未返会，与刘宇民晤见。刘询知余经白君约在总务处帮忙，甚表赞同，并云秘书处既经朱某把持，外人到后亦遭其排挤，不若在总务处办事能以合手，且总务处无一懂公事之人，有你主持，亦可代为清理整顿一番。总处已发表之干事王元甫、陈香九二君，王为旧同事，陈系王鹤年同乡(宝坻)，且似近亲，现执行律师职务，相谈均甚畅。该会秘书、干事均为委任，发委任令，殊非所宜。盖维持会既非行政机关，办事人又为救济灾难而任事，应一律函聘，不应弄此官僚气派也。闻此办法亦出之朱某所主张，其为过官瘾，于此可见。余既经刘君力邀，似又不便不虚与委蛇，惟尚有声明之事，须俟明日见白君商讨后再定去留。六时余出会，即归。七时晚饭，天气凉爽似深秋。十一时练运身术，即睡。

八月廿六日　阴七月廿一日　星期四

仍阴。午饭后到维持，在总务处又晤一同事，名张希天，安次人，常委魏子丹之人也。经陈香九介绍谈次，知从事服务交部，早经到会，近数日请假，今日又到会办事。傍晚，白浣亭交办函平市维持会请拨经费稿，并交由会计股拟订之预算书，经常费规定月支五千元，特别费月支三千元，共合月支八千元。余因为时已宴，与白君约明日上午到会再办。七时归，凉风习习，(贬)[砭]人肌骨，盖余尚着绸子褂裤、夏布大衫，势已难支矣。晚饭后，拟致平市维持会函稿，十二时始毕。夜甚凉。

八月廿七日　阴历七月廿二日　星期五

早阴，午略晴。今日为孔子诞辰，会中放假一日，惟余因昨与白君约定今日午前到会拟办函稿，故十时赴会。晤南苑人两位，杨姓，渠等识余为大兴县府袁秘书，但余在县素与地方人不接触，故不识也。与略谈近日南苑地方情形，知已渐恢复秩序，大红门一带亦可往来行走。略将昨晚所拟函稿整理完毕，白君亦到，遂与研究，又经白君补充昨日未及说明之意，复经王鹤年常委参加意见，再由余归纳各意，将稿稍加修正，王鹤年甚加许可，秘书处同人亦颇赞扬，白君已签署，惟因此件公函关系较重，白意须俟明日再经数位常委签署后再缮发。午饭在会内常委席上用毕后，与会计股白齐明谈许久，此君曾充直鲁军时代褚玉璞军需处长，所谈均其随褚办军需时之得意事，但亦可闻知张、褚佚闻。二时张希天到会，余遂出会，至西单北万国理发馆理发。又至两家旧书铺看书，购涵芬楼版《仇池笔记》《东坡志林》《脚气集》《麈史》四种，仅费洋四角，又购商务馆《历代名人小简》上、下两册，一角，又《湖社月刊》六册，每册三分。据售旧书云，近日卖者多买者少，卖买均甚廉，大有付钱即售之势，市面萧索，而书籍尤为不急之需耳。五时赴李楚卿宅。晚饭后孙剑泉来，得闻近中、南口、上海中央军均不得势，闻近日晚间无线电台亦听不到较好报告，且播音似有人扰乱，亦听不清楚也。在楚卿宅又晤姚子平，谈赴津上下火车情形，及事变时津市各处被烧炸状况。八时许偕梅归，归后闻本胡同于下午有日军数人在一小鞋铺强索鞋子两双，铺掌被殴，因此胡同内住户、铺户均惊恐异常，提前阖门闭户。晚濯足后，十二时睡。

八月廿八日　阴历廿三日　星期六

晴。十时赴维持会。今日开全体会员大会，延至十一时半始开会，白浣亭主席并报告，李壮飞、魏子丹演说，日顾问滨本讲演。十二时忽忽闭会,委员到者极不踊跃,无已,所有职员亦列席充数,王祝三、钱亚民均到会。亚民以余现住寓所逼近日军营,约搬至其宅住,余允明日往访之再谈。午至西湖食堂午餐,回寓略息,换大褂,天气又晴热也。三时又到会,见张希天与白浣亭规定总务处职员分掌职务单,张将个人名次列在第一名,隐然有自以职员领袖自居,持单与余商,余不加可否。决意从此虚与委蛇,每日午后到会一次,倘再有看不下去事,即不到会。六时半归。早接慧女信,晚与写回信,一时余始睡。

八月廿九日　阴历七月廿四日　星期日

晴。未到会办公。午时与崔景南电话,约其下午六时来寓一谈。午后三时,赴学院胡同访钱亚民,承其恳切约余将眷属迁其宅内居住,近日各友咸以现寓逼近广安门及南横街日兵营,不甚安稳,纷纷劝余迁居。余以本胡同内尚安然无事,不欲无事自扰,亚民宅既位在城内,地方又偏僻,似较安全,且承盛意坚约,余亦心动,今日已允之,约过一二日再定。王元甫亦来访,余于五时余先辞出。至李楚卿宅,楚卿出门,未停即归,崔景南已先至,候多时矣。当将现在新任大兴县长及县维持会意欲胡任委人交代事向其报告,据崔云,渠亦数日未晤以皮,不知现在何处。八时景南辞出。晚阅《庸报》,十二时睡。

八月三十日　阴历七月廿五日　星期一

晴。午前未出门。午后二时余赴维持会,无事可办。白浣亭将大兴县维持会致胡任请移交公函,托余转交崔景南一阅。五时余出会,赴李宅,冯三、陶三均先在,晚饭后即归。傍晚气候又略觉闷热,十时后忽降雨。将廿八日晚与慧女所写长信,午后在会又加写八行,纸两页,于五时半付邮。

八月三十一日　阴历七月廿六日　星期二

阴，由昨晚降雨，经夜未息，今日整日时大时小，竟日不停，至晚十时仍淅沥不绝，恐又连绵竟夜矣。终日未出门，街上静寂，并一小贩叫卖之声亦无之，大有秋雨秋风愁煞人之慨。飞机亦因雨而停止活动，终日不见一机飞过，除闻雨声外，可谓万籁俱寂矣。午后阅书自遣，傍晚与萧紫鹤写便函一件，告其欠款恐秋节不能归楚，盖因交通多阻，盐门尚无法接办，俟接办后即先奉还。

现在市上所售墨汁品类甚多，要以北平龙泉孤儿院出品之“湛然”墨汁较佳。余年来临池，每于磨墨不及之时亦常用之，因其胶轻而少浮烟，实胜其他各品也。今日偶阅《仇池笔记》，卷一论墨条云：“今世论墨，惟取其光。[光]而不黑，是为弃墨；黑而不光，索然无神气，亦复安用。要是其光清而不浮，原注：库本、徐钞作浑，注云一作浮。湛湛然如小儿目睛乃佳。”于是始知湛然墨汁命名之由来也。

晚阅本日《庸报》载，南京政府与苏维埃社会主义联邦共和国民政府于八月廿一日在南京签订不侵犯条约，全文四条，廿九日在南京及莫斯科同时宣布。又载，上海方面日陆军后续部队廿九夜在沪登陆壮举成功，唐家宅球场确被占领，南口方面日满军三十日占据赤城，张家口欢迎日军入城，刘汝明似已逃往山西。又载，日空军三十日猛轰沧州，陈官屯陷后，吕官屯已继陷等语。但多日未听无线电报告，据听者云，近日播音极乱，战事报告亦少，且尤不易听悉。濯足后十一时半睡。

九月一日　阴历七月廿七日　星期三

晴。九时余拟赴会，旋止。午饭后赴会，六时归。

九月二日　阴历七月廿八日　星期四

阴晴不定。七时半崔景南来，即起，将大兴县维持会致胡公函交其一阅，但据渠谈亦多日未晤胡矣。景南拟托余代谋维持会事，余设法代其一办。九时余赴维持会，王鹤年忽向余密谈，如无事，嗣后可以在会多帮忙。余即表示非不欲多作事，惟有人独揽事权，余因之无从下手，是以退让，免有争权嫌，并与陈香九声明此意，渠可转向鹤年达及，再窥今日王鹤年所谈，似由白浣亭授意也。白、王二君既有此项表示，余拟明日起每日早到晚散，切实帮忙。四时赴兴隆平处借洋百元。六时至李宅，将前借楚卿五十元交还，即返寓晚餐。由今日起，在会用午晚一餐。晚与张居停主人商迁居事。

九月三日　阴历七月廿九日　星期五

早阴并小雨。九时余赴会，终日办公甚忙，七时始出。天虽放晴，而寒气逼人，独自至西来顺食烤羊肉三盘，烧饼三枚，烧酒一壶，高汤白果一枚，稀饭一碗，费洋七角二分，另付小账一角。至培华染坊取染直罗大褂一件。八时余归，晚与张居停谈许久，身体疲惫。十一时半睡，闻崔景南天夕来访，稍坐即去。

九月四日　阴历七月三十日　星期六

早阴，仍寒。接宏儿来笺。九时三刻赴会，午后祝三到会。闻陈香九君言，据昨晚广播报告，日本国内发现反对战争者贴标语、散传单甚剧，并有日方有停战条件，除保全中东路外，将东四省及华北均可交还中国，亦付诸姑妄听之而已。候至六时半，白公仍未归，遂与香九同出赴李宅，晚饭后八时归。

雪盦日记　书

起廿六年九月五日讫十月廿五日

九月五日　阴历八月初一日　星期日

早阴，午后晴。九时半起，十一时半赴会。今日白常委员兼总务处长应轮星期值日，是以余亦前往，恐有事办也。到会后，同人已开过午饭，余个人另开一份。与崔景南打电话，知已赴寓来访，又与寓通电话，知到寓后已走，约定晚六时再来。王鹤年下午到会略谈。王君对于平市维持会拟对本会行文用令一节甚表反对，且闻近日各方对冀会均不重视，尤以经费无着，一切救济事业及会务进行无所措手，成立时仅由冀察政委会拨付开办费三千元。本会成立已将匝月，究竟开支若干，因会计、庶务独立，不受总务处节制，至今无从得知。本会对外基础不固，对内事权不一，欲不趋于停顿一途，岂可得乎？与王、白二常委略谈，兼办请平市会借拨家具函稿一件，及通知各处选派分赴各县筹备员、联络员稿一件。于四时出会，赴裕华(员)[园]沐浴。两星期未得沐浴，通身泥垢甚多，今日抽暇一浴，松动多多矣。与祝三打电话，告其不能往谈，渠约明晚至其宅用饭。七时出园，急返寓，崔景南已先至，候许久矣，将余徽章借去，备明日赴大红门找行李衣物，余亦托其代寻被褥，不知能得到否。晚十一时后睡。

九月六日　阴历八月初二日　星期一

阴。九时余赴会，刘宇民由津回平后，今日初次到会，但未出席常委会，此次在津接洽，似无圆满结果，孟玉双既不来担任主席，各方面亦不加重视，河北省地方维持会恐难支持下去耳。四时赴学院胡同钱亚民宅，与钱君谈尚未定期迁移经过。五时返会，晤高桐斋。六时余赴总布胡同，应王祝三之邀，在寓吃便饭，至则似无准备，且以天晚路远，饭后回寓恐有不便，与略谈即辞出。乘电车赴西单，入西湖食堂，进三仙炒面一盘，酸辣汤一碗，米饭一碗，包子两个。食毕已八时，即归。今日午后在东西长安街见往来兵车甚多，似现紧张之态。四时天空有飞机二三架，飞度甚高，盘旋云际，不知何方之机，甚可怪也。

九月七日　阴历八月初三日　星期二

晴，气候忽暖。八时起，早点后仍困倦，未赴会。午饭后三时到会，始知今日各常委、职员多未到会。今日本为秋丁祀孔之期，北平市政府通知各机关参加，维持会常委均于昨日通知市府与祭，并于议席决定今日休会，但白主席因忙乱，并未嘱总务处通知各处放假也。余到会后与王鹤年略谈，白浣亭亦于三时余赶到，余拟函知大兴县维持分会不得干涉政治稿一件。缘大兴县自胡以皮去职，地方推崔耘青麟台为县长，近崔又向北平市维持会呈辞，并由大兴县分会推荐李仲鲁希曾继任，北平市维持会虽予照准，并函冀省维持会查照，比向常会报告，日顾问不以大兴县此举为然。故由会函知大兴分会，促其注意不得再有干涉行政之举也。余于四时出会，至西单北大街各旧铺巡视，购《湖社月刊》五份，每份已售三分，但最后出版之一百期按八分计算，据云一百期《月刊》肆内不甚多见，普通须售一角也。又以四角代价购民元商务印书馆出版之《新字典》一册，甚便宜也。略购食品，于六时余返寓。今日气候又燥热，御夹袄挥汗不已，多日阴雨，近两日放晴，故气候又转热也。钱亚民于午后到会相访，其时余尚未到，故未及晤也。

九月八日 阴历八月初四日 星期三

晴。十时赴会,各县镇所设分会,原名河北省地方维持联合会某处分会,日顾问建议改称某处地方维持会,不用分会字样。又丰台地方维持会函报成立,函复准予备案,以上两件由余办稿,分别函知。上月份雇员、夫役薪工今日已发放。以后本会经费每月按一千五百元拟具预算,此亦日顾问意旨,倘照此数办理,恐此会绝难延长,盖多数职员不能纯尽义务,早到晚归,整日工作也。六时离会,回寓少顷,崔景南来访,据谈渠向旧同事调查存在大红门行李衣物等件,始悉余及景南铺盖等件均已遗失,大约系被县府差役、厨役乘势掠夺矣。接萧紫鹤七月廿三日航空信一件,竟费一个半月之久。十二时睡。

九月九日 阴历八月初五日 星期四

阴,由昨夜阴雨,加以雷声隆隆,今早九时后正拟赴维持会,于十时许忽大雨倾盆,并间作巨雷,有如伏夏(毫)[豪]雨,达一小时余始止,大有沟满渠平之势。至十二时略晴,午后又阴。二时余赴会,闻各常委今早亦未到齐,遂延会见。此次按每月一千五百元改拟预算草单,秘书二人,每人月支夫马费五十元,日文秘书一人,月支六十元。总务处只规定干事三人,一掌收发,一掌庶务、会计,一掌文牍,每人月支三十元。其他各处干事、书记名额亦多核减。本会办理地方维持、救济事业,又无的款拨充经费,办事人员自应以尽义务为原则,惟成立伊始,对于办事人员概下令委任,殊与名誉职不合,既由会令委而又令人纯尽义务,尤属不当。余到会之始,即主张凡属在会办事人员,除书记雇员外,概应聘任,此后纵因经费拮据不能尽人,改送夫马亦无问题。若按此次草案规定,秘书、干事人数既较实委任者核减名额,凡在额外者其将何以处之。再自经核减员额消息传出,总务处内向无事可办之干事陈香九已悄然而去。以秘书名义在总务处欲综揽一切之张希天,见个人位置无处可属(总务处既无秘书规定,而秘书处又无其人位置），大形沮丧，已无包办之勇气矣。此君对于金钱似极注意，所以较为恐慌，其实即属每月领到三数十元又有何济，其患得患失之情态令人齿冷。午后第一救济院育婴所杨英甫因所中经费无着，拟出公启募捐，携来捐启稿，白浣亭嫌其冗长不合体裁，托余代为修改。五时又阴雨，且今日未开会，公事无多，余遂携原稿出会返寓。晚饭后，代育婴所修改捐启稿。十二时后始睡。

九月十日　阴历八月初六日　星期(日)[五]

晴，天气稍转暖。夜内腹痛甚剧，早起后即登厕，早点后仍觉腹内不甚适，又如厕一次，幸未作泄。闻近日患腹泻者甚多，有谓饮料不洁之故，未知是否。午前未赴会，午饭后改穿呢大褂。二时半出门赴会，到会后闻今日午前日本顾问滨本因事未到会，故未开会。午后三时，该顾问始到，即开会，各常委已拱候多时，一闻顾问到，即纷纷鱼贯入会场而开议。五时半始散。余于散会后赶办复大兴县地方维持会暂勿改组函稿，及复宛平维持会请发徽章函稿各一件，即在会晚饭，俟白常委画稿后，于七时始出会，即返寓。晚阅《庸报》及《历代小简》，于十二时睡。

九月十一日　阴历八月初七日　星期六

晴。十时余赴维持会。十一时日顾问始到，即开常委会。十二时余即散会。今日开会时期最短，无甚议案讨论也。微闻昨今两日议席上顾问均有不满表示，且对常委有不客气训饬，此会内受顾问诘难，外遭各方轻视，前途运命更觉不久。在会午饭后，略坐即出，赴老菜街访孟竹龛，探问其义子近状。据谈其已经法院判决脱离关系之抱养子，自经去年送入感化院后，此次事变忽被释出院。在院十阅月备受罪苦，脱骨换胎，五官变形，其瘦削憔悴情状已非昔日形像，且两胯各生一疮，脓水淋漓，备极狼狈，出院后既乏食宿之所，且无投靠之处。经数日觅寻，结果仍将竹龛居所觅得，见面后竹龛并未与之谈判，即又送警察局归案，仍又收回感化院，继续度其形似囹圄生活。据闻此子造(叶)[业]多端，恶贯满盈，受此果报，实有因缘，此次重入该院，恐将瘐死，可悲可惧。四时至李宅，与楚卿谈至晚饭后八时许，偕梅返寓。今日仍闷热，午后据各报发号外，津浦线日军已于今日进占马厂，该处为津浦线重镇，为军事所必争耳。晚阅《历代名人小简》数页，十二时睡。

九月十二日　阴历八月初八日　星期日

晴。昨夜睡较迟，今早三时左右微闻远处炮声，又闻街外似有人声，并加以犬吠之声，较之往夜似不静寂，因是时被惊醒，未能畅眠。于晨九时半起，因是星期日，未赴会办公。早点后昏昏入睡，至午后一时半，仍不思食，勉强进午餐，饭后精神仍不佳，又复小睡经时。今日竟日颓萎不振，心中烦闷异常，加以午时前后天气燥热，益使人精神郁郁寡欢，坐卧皆不舒适。午前十时后，西南方炮声隐隐可闻，有时发声甚密，至十二时始止，天空飞机往来频仍，由上午至傍晚迄未稍间。四时许，闻正南方机声回旋，经时不绝，但似在十里以外，是以只闻其声，不见其机耳。因终日未出闻，亦不知今日炮声、机飞何以如此之繁且密耳。晚购《晚报》一份，欲得些许消息，竟无只字登载，只好闷闷以待明日出而探询可也。夕又小雨，时降时止，以近两日天气闷热测之，恐又将有大雨矣。由今日起，拟提前睡眠，以免精神不振。

九月十三日　阴历八月初九日　星期一

晴，昨晚十时后大雨如注，雷电交作，至十一时半就睡时仍未息。今早忽放晴，惟西北风甚大，凉如初冬，街上小贩颇多穿棉衫者。余于九时半出门，赴维持会，到后赶办一发分会车旗臂章通函稿。闻星期六下班前知会各处职员，于昨日(星期日)到会讨论合室办公办法，但昨日亦未举行，仅规定每日开会时由各处派一职员到会场办公而已，今日总务处由张君出席，明日再由余前往。午饭在会用餐，惟近日伙食日渐不佳，菜既减少，而又冰冷，较之成立时退步多多，此亦各机关包伙之通例也。五时半退出返寓，今日飞机不多，昨日炮声由来亦无从探悉，天津《庸报》今昨两日均未到。十二时睡。

九月十四日　阴历八月初十日　星期二

晴。十时到会，少顷开常委会，余列席，指导、救济、秘书等处亦派员列席，见会场上各常委发言极无秩序，且委员间互有意见，言外不免时露弦外之音，甚且明言攻击，此种情形，魏子丹尤甚。魏亦近五旬之人，但言动均似青年气盛，未有涵气之慨，对于会务挑替吹求之言多，建议兴办之事少，此亦列居河北知名之士，呜呼。河北真无人矣。 [illegible]时半散会，个人开饭一份，六时离会。

九月十五日　阴历八月十一日　星期三

晴。十余时到会，各处派员列席常委会，由今日起又因日顾问之言而取消，闻常委到会者仅三四人。本会气象日就散漫，代主席白君人极滑，不负责任，诸事无不推诿，且年事已高，精神不敷应用，每日议场报告、提议各案纷如乱丝，散会后所议所决茫无头绪，尚须余代为清理，终日忙乱俱是无谓之事，大好光阴掷之虚牝，实未曾有之现象也。在会用午饭，下午办文稿数件，六时归。

九月十六日　阴历八月十二日　星期四

晴。十余时到会，白浣亭出示拟送日本川岸中将七言诗一绝云："不妄杀人良药方，视民疾苦果如伤。长辛店外旌旗舞，如见当年武惠王。"又经刘宇民附以题词云："宋曹彬下江南，语诸将曰，余疾非药石所能愈，如不妄杀一人，则疾自愈，后彬封郡王，谥武惠，见《宋史》。"今川岸中将剿宛平县境内匪，告县长雷君曰，望指明避难人民栖止处，以免伤及无辜。仁人之言，其泽溥矣，揆之武惠无逊色。代为推敲，略易数字。今日到会委员仍不多。四时余离，赴舍饭寺李宅，偕瘦梅、友梅赴学院胡同看房，主人亚民已出，在院内各处及西屋巡视一周即出。返李宅晚饭，后八时余偕梅返寓，经今日往看，对于钱宅之房院似已满意矣。

九月十七日　阴历八月十三日　星期五

晴。十余时到会，到会常委只三人，顾问大不满，嘱总务处发通知，请各常委明日十一时务须拨冗到会。午后雷鸣，降雨数点而止。六时赴钱宅访亚民，渠烦代拟函稿，贺高泽畬八月十七日寿辰，约后日送至亚民处。七时匆匆返寓，晚饭后拟函稿，十一时已脱稿。

九月十八日　阴历八月十四日　星期六

晴，天气又渐暖。十时半到会，刘宇民、王祝三已先到。十一时开会，今日到会常委较多，且扃户密议，不知究有何项机密议案。散会后，闻石小川建议每星期一、三、五开全会，各常委均须出席，二、四、六开事务委员会，只兼处长之常委出席，并提议另向平市维持会请求救急费，两案均通过。下午三时招待各慈善团体。今日已至阴历八月十四，明日即为秋节，全体职员服务一个半月，分文夫马费尚未领到，均甚盼今日能以领到若干以渡节关，但主席兼总务处长白君不肯负责，虽经各处明催暗索，殊无表示。下午三时，闻平市维持会已议决，今明日可以先拨一千元渡节，终以白君不敢办而搁置。据余揣测，各处职员人数均超过预算定额，何人应发，何人不发，既未规定去留，所以不敢遽发，惟急待此项过节者无不大骂白君之因循延误而不办事云。余于六时离会赴李宅，梅已先来，出示郑州来信，始知王海生已于阴历八月初二日病故，商量写复信事。晚饭后八时同返寓。

代钱亚民拟贺高泽畲函稿录存

敬肃者，卢案事变猝发，津门战端旋起，因思府邸适当要冲，深以安全为虑，曾于七月三十日肃函奉候，谅已早达。

签阁嗣，阅报章，欣悉

望隆中外

宏济时艰

主治安维持会

长天津市政府

霖雨苍生，造福桑梓，下风额手，曷任胪欢。惟受业自春抱恙，迄秋未痊，因循疏阔，尚稽简贺，歉甚悚甚。际兹中秋佳节，恭逢

千春令旦，桂殿香飘

松龄庆衍

勉猷与日月同光

带砺偕河山并寿，遐陬喜溢，异地欢腾，受业执凷，情殷称觞。迹阻况枥下久困，时正休明，众贤既已汇进，迈轴免使独淹。稍候疾痊，即行趋谒，专此肃贺，并申悃忱。

九月十九日　阴历八月十五日　星期日

晴，天气晴朗，气候甚暖，惟军事甫过，平市萧条，殊少佳节气象，月饼、水果购买者甚形减少。今日未到会办公，午饭在寓食面。午后赴学院胡同送函稿，与钱亚民阅后，又烦余代写，写毕已近七时。赶赴舍饭寺李楚卿宅应晚饭之约，菜由该宅厨房所备，尚丰美，所约之客有朱壶山、孔株丞、陶镜湖、冯氏昆仲等。九时返寓，(浩)[皓]月当空，分外明亮，惜街上行人稀少，商家依然提前上门，非复承平时热闹也。晚代瘦梅姊妹写复其舅刘学函一件后即睡。

九月廿日　阴历八月十六日　星期一

晴，燥热。午饭后赴维持会，闻今日北平特务机关长松井赴张家口新任，继任者为谷荻，本会常委数人于晨间赴南苑欢送松井，故未开常会，午后在会办公者亦少。五时余离会返寓，晚饭后困恍异常，提前于十时即睡。

九月廿一日　阴历八月十七日　星期二

晴，午前后闷热异常。十时半到会，今日开第一次事务委员会，但日顾问及不兼处长之委员亦出席，究竟事务委员会职权为何，亦未规定。惟据白主席言，本会前途似又转佳，不若前数日之岌岌危殆气象矣，但亦究不知何所见而云，然终日无多事可办，经费预算及职员夫马支配办法仍未规定。五时出会，在宣内小摊购清末时人手札影印本一册，因只得下册，亦不知名称，惟内多天津知名之士手札，如陈石麟姻伯、赵幼梅先生等。晚饭后女居停主人来谈，十二时睡。

九月廿二日　阴历八月十八日　星期三

晴。十时余到维持会，午后分办稿件六七件，尽一小时办毕。五时余赴舍饭寺李宅，晚饭后，坐至十时始归。接慧女及柏甫侄来信各一件，报告津寓已于中秋节日迁移至特一区三义庄俞宅暂住，笨重家具寄存兴隆洋行，其余物件寄存南斜街王宅，此次所以忽然搬动者，盖因南开一带军队云集，津寓现租之房已接通知，令腾出将驻军也。经此一番匆遽迁移，所有家具、书籍及零星什物不知又凌乱至如何现状，遗失损坏尤所不免，然较之津市剧战时，若被日机轰炸或遭燃烧，又胜强多多矣。来信又言，芷庭姻弟于八月十五中秋节日逝世，芷庭患肺病已经数年，中西医均早束手，不过苟延残喘而已。比今亥津变事发，又经迁逃，余即料其不久人世，今接函报亦在意料之中。惟王宅近年景况大非昔比，且其夫人所生之子多不育，女子竟有三四人之多，其夫人虽有精干之名，但恐亦难重振家声，不禁代为浩叹。阅信后心绪甚恶劣，十二时就寝。

九月廿三日　阴历八月十九日　星期四

晴。九时起，午前未赴会办公。孟竹龛、梵月和尚先后来访，与柏甫、慧女各写一信，告以如能在俞宅可以暂住，即向其分租住房数间，按月送房租，赶即自己备饭。盖俞宅虽属至亲，但俞荫才姻兄近数月赋闲已久，经济不甚充裕，向其租房数间，彼此均尚合宜。倘俞宅实不能住，即在特一区境内找房三四间，藉此亦可紧缩家庭范围。盖战事不知何日始能结束，不能不预作节省开支计也。与柏甫信，并告以近日不能回津原因，并嘱其时至内人处代办家事。午饭后三时，赴维持发津信。到会后闻今早因各常委到者不足法定人数，亦延会。午后公事无多，不耐久坐。五时余离会，至宣武门外新开之平民商场一游。此场由外四区署长周思诚君为维持区内贫民生计起见，呈准警局于中秋节日开幕。道西为平民娱乐场所，如落子馆、京剧场、卖艺杂耍厂，席棚林立，管弦盈耳，有如天桥艺场。道东辟为售卖估物、古玩、字画、书籍、木器各摊，搭以席棚，分类设摊，秩序井然，且所售各物均标明价，免满天要价就地还钱之纷争，亦可谓管理得法也。余到各摊巡视一周，因天色稍晚，不及细看，仅在旧书摊购《许文肃公书札》一册，《日记》一册，尚有《外集》《公牍》两册，余因已前购故，仅买《书札》《日记》各一册，白连纸铅印，题签书皮均完全新洁，只费洋一角。又购清河蒋升之阶所著之《甦余日记》，木版竹纸一册全（不分卷），蒋君为清道光年间人，所记大概皆评题诗文，记载轶闻之事，盖纯文人结习耳。又购《选注六朝唐赋》两册，不分卷数，同治年间京师玉燕书巢马氏开雕木版楷字，书品甚壮观，粉纸精印，仅费洋贰角五分。事变以来，居宅迁徙，书籍字画以及家具什物大都以极廉价售之打鼓者。市场地摊之物，半多得之打鼓者之手，故卖价亦极贱，余虽性喜搜罗故字残编，惜心情不佳，手头拮据，不能尽量收买耳。晚饭后翻阅所购各书，十二时睡。

九月廿四日 阴历八月二十日 星期五

阴晴不定。十时赴维持会，十一时各常委始姗姗其来，十二时半即散会。惟本会经费预算及去留职员分配、八九月份夫马费仍未确定。白浣亭油滑到万分，因今日常会决议此事，渠故规避请假，但开会不久又复到会，其畏首畏尾、患得患失之丑态暴露无遗，以此种人担任会内主席，实不足以副众望，亦无一事能办也。开会时，闻日顾问报告今日十时保定省垣已被日军攻下，日兵营已表示庆祝，当场即有某常委提议由本会通函各分会庆祝，其他常委亦不敢有异议，主席遂想一滑头办法，改用电话通知，以免形之公牍。余心中百感交集，不能久耐，遂于三时余离会赴李宅。甫至门即大雨一阵，见街上日军载重车往来飞驰，均持国旗，各商家住户均挂红灯，并于西单赶搭彩牌坊一座，大有普天同庆之概。楚卿患痢疾已两日，余为代向卓宅索治痢丸药数包，并送其西湖真正藕粉一盒，由其派役随同到寓取回，并向楚卿通融五十元。八时半返寓。

九月二十五日 阴历八月二十一日 星期六

阴，昨夜大雨，今晨息止，气候陡寒。午前未赴会，下午三时赴会，时各常委均已离会，接刘宇民函，因赴津请假一星期，如须代表出席，即托余代表等语。在会办稿一件，四时余赴西单商场对过理发，六时毕，在书摊购《贯华丛录》一册即归。晚饭后与宋旭初写信，托代向高泽畬谋事，阅《庸报》及阅《贯华丛录》数页。十一时濯足后，一时就寝。

九月二十六日 阴历八月廿二日 星期日

晴，十时起，午前甚凉，午时后天气极晴暖。午饭前将致宋旭初兄函又加删润重缮一通，应附履历片一份，因久不作细折，试书一份，甚不合用作罢，拟明日烦维持会中书记代写，故今日函件又不能即发。三时出门，过宣武门平民市场，因今日星期，天气又佳，故游人甚多。余亦下车，在各书摊一游，购《张文襄公谢折》四卷，计一册，《复庵书札》一册不全，只卷四至卷六，计一册，据跋云，全集凡二十四卷，别析诗文、书札单行等语，意者卷一至三为诗文，并此四至六卷之书札即所谓别析单行者欤。复庵为无锡许钰氏，清同治光绪间人，曾出使外洋，辛亥国变后即不出仕，详细官爵尚待稽考。此集为其犹子同莘所辑印，同莘以贤书受知于南皮张相国，且居张幕甚久，亦即纂辑《张南皮全集》者也。又将前日所见之《许文肃公外集》五卷《附录》一卷计两册购得，盖前日以为早经收藏，比及检点存书并非此种，故今日又续购之。按，外集所收者为赋诗、序记、赠序、寿序、赞、墓志铭、哀辞、祭文，附录所收为各国师船图表序及杂说等编，许同莘氏亦与参校之役。四时至萃聚园沐浴，修脚捏足，费时三小时。六时余出，西北风正劲，颇有冷意。赴李宅探楚卿，痢疾闻已渐愈，孔栋丞在座，同晚饭。九时归，时西单一带商店均已上门熄灯，大街黑暗少行人，凉风刺面，益觉凄凉，急买车奔驰而归。据闻保定并未陷落，且日军有退至琉璃河之说。但西单上星期五所搭之庆贺彩牌坊至晚依然电炬辉煌耳。阅今日所购各书，十二时睡。

九月二十七日　阴历八月廿三日　星期一

晴，甚寒，换穿毛呢夹袍，街头负贩者多御棉衣。十时半赴维持会，在会午饭。下午办公事三四件，烦书记代写履历片一件，附昨日与宋旭初兄书就之函，于下午四时封发。闻白浣亭云，大兴县现任县长李仲鲁日前检点案卷，并取所得经手人切结，谓胡前县长征起三万二千余元未解，正款除拨地方款四千元，尚存有二万八千余元，已呈报北平地方维持会等语。余在县府帮胡君数月之忙，只办笔墨，从不过问款项，且职责不属，亦无从得知，故截至事变，县府究收存若干，胡君未经名言，余亦不便询问。但侧闻胡君于事变以后曾邀宴阖县士绅于某饭庄，对于县府存款亦作正式讨论，并欲将存款移交士绅接收保管，彼时到场士绅无一敢收者，仍请由胡县长自行保管。李仲鲁亦为大兴绅士，且被邀在座，彼时既不接收，今日何又呈追，已属不顾前文。况白浣亭为大兴巨绅，隐为士绅领袖，始终与闻此事，何以默不主张公道，大兴绅民油滑成性，无丝毫正义，殊可鄙也。五时离会，步行至宣武门平民市场一游，无所得。六时半返寓，晚饭后休息，十二时睡。

九月廿八日　阴历八月廿四日　星期二

晴。九时起，早点后懒于出门，未赴会。午饭后二时余赴维持会，至则各常委均已离会，各处职员亦于三时后纷纷走去。此会气象日渐不佳，绝非长久支持，余亦于五时离会，至骡马市大街访陈香久①于寓庐。陈君业律师职务，在维持会同事月余，人尚直爽，旋因在会无所事事，已请假不到会矣。今日往访，坚留晚饭，饭后略茗谈，八时余归。

九月二十九日　阴历八月廿五日　星期三

晴。十时半赴维持会，王祝三已先到，闲谈片刻。此君伧俗较前更甚，语言无味而又好谈，与白浣亭虽属旧识，但祝三每次到会访白，白殊对之落落，且竟置之不顾而去，余不能不委蛇。余向来主张，人若不为友朋所重视，宁深处简出，少与人接，而不投刺干谒，遭人蔑视。在会诸人对祝三颇多不齿，惜渠无自知之明，仍不免受人白眼也。今日开常委会，终席只办支配义务戏票，竟延至下午二时始散。本会主持承办，约在平名伶于十月二、三两夜假新新戏院演戏两晚，得款办救济灾民之用。二日戏有杨小楼、陆素娟之《霸王别姬》，孟小冬、尚小云、郝寿臣等之《法门寺》。余数年来绝迹剧场，现以时局沧

① 陈香久，前后文多作“陈香九”。

桑，心绪恶劣，更无兴致征歌，但在会帮忙月余，分文夫马费亦未得到，遂向会计处取二等座票两张，每张二元，前数排每张票三元，后数排一元。备将发夫马费扣抵，并拟以一张送李楚卿也。与白浣亭略谈胡以皮事，渠亦改口亟言李仲鲁之措施失当，但白君不能纠其谬妄、主持公论耳。五时半离会，返寓时已密云欲(云)[雨]，旋起大风而止。晚与滨本写信，略发胸中积愤，发否仍未决。十二时睡。

九月三十日　阴历八月廿六日　星期四

阴甚，十一时狂风暴雨，雷电交作，虽在暮秋，有如伏夏天气，一时半始止。三时又渐放晴矣。未赴会，取《楞严直指》观阅，觉此经极应细读详参，拟按日阅十数页。午饭后又阅《鹤林玉露》数页。三时心忽烦闷，急想法解除，当即至后院，将午前移至院中使着雨水之文竹、菖蒲数盆复搬移室内，且摘后院所种扁豆以备晚餐，并分少许送居停。此豆春天所种，秋后开紫花如藤萝花状，所结豆扁而长，用酱油、香油素炒甚适口，新摘者味尤鲜美。晚饭后取《首楞严经正见》与今早所阅之《楞严直指》对参互阅，益觉此经奥义深远。本日阅卷一十五页。

十月一日　阴历八月廿七日　星期五

晴。十时余到维持会，闻昨日已将会内各处职去留人名规定，并由总务处正式通知发表，计秘书处日文秘书一人，中文秘书二人，总务处干事三人，救济处干[事]三人，指导处干事二人，宣传处干事二人，联络员定额十人，除额内者外，余均改聘名誉职，改聘者约一二十人，夫役亦加裁汰。会中经费自按三千元改定后，早即应有裁汰之举，所以迟迟至今者，各处领袖不欲得罪人，尤以总务处人多额少，去留维难，加以处长兼代主席白浣亭油滑特甚，迟不举办，不知何以昨日发愤为雄，具此大勇，竟尔实行。昨日余未到会，今早到会见通知簿始知之。余亦叨承末光，得以留职，但每月应支之夫马费三十元不知何日始能领到。在会办事已达一月零十余日，每日赔垫车费已属不赀，何能长久支持。据联络员报告，长辛店天主教堂司铎李德镜救济灾民，设立收容所，拯救妇人一万余人。提出常会报告后，日顾问提议由本会送李司铎匾额一方，并加题词，白主席嘱余拟匾文及词。五时离会赴李宅，闻明日为陶镜湖生日，渠等有生日会之组织，楚卿似将出门，余遂辞出，至西湖食堂食炒面一盘，米饭一碗。饭后归，稍息，拟褒扬李司铎题词云，河北事变忽已兼月，战云弥漫几及全省，而长辛店绾毂南北，平汉要铎，锋镝余生，颠沛尤甚，老弱转乎沟壑，妇孺流离失所，幸乃本镇天主教堂李司铎德镜素具博爱热诚，慨发拯济宏愿，收容妇女数达万人，本其悲天悯人之心，好行饥食寒衣之惠，设立收容所，设备极周，存活甚众，本会救济有心，博施无力，今见李思铎宽惠行德，深合本会之主旨，周特褒扬以昭激励。至匾额题字，所拟有嘉惠灾黎，拯灾恤患，博施济众，仁民爱物，宽惠行德，正谊明道，见《汉书·董仲舒传》，夫仁人者，正其谊不谋其利，明其道不计其功。高义急困，见《史记·信陵传》，以公子之高义，为能急人之困。心存恤人见贾谊《新书》，心存恤人谓之惠。等文，以备常委会选用。一时余睡。

十月二日　阴历八月廿八日　星期六

晴。十时余到会，拟将今晚义务戏票掉换明晚票一张，至会计室始知，未售出之票已交新新戏院代售矣。即与李楚卿写信说明，将今晚之票送去一张。白浣亭、王鹤年两君先后向余言，天津治安维持会会长高泽畬嘱刘宇民兄保荐堪胜县长之任者，以便发表津浦沿线各县县长，刘公首以余名推荐，并托王鹤年返平之便先向余征求同意，是否乐为，速与宇民去信。余答如此时局，材力更恐难胜，容加考虑。四时返寓，五时用饭。七时至新新戏院，只杨小楼、陆素娟合演《霸王别姬》，尚差强人意，久坐身疲，十一时半散戏。出院时正值过军用载重汽车络绎不绝，不下数十辆，由东往西，在西单牌楼转向南行，似入宣内国会街，想系由前线而归，新从东城进城模样。两月来至晚不过十时回寓，今日夜归较迟，尚系事变后第一次所见，不无惴惴。十二时半抵寓，略休息，饮茶，进点心，已二时矣。

（天头处记作：与宋旭初写信，告以刘公向高泽老保荐之事，即请其乘机晋言，先在津市谋一差，五时付邮。）

十月三日　阴历八月廿九日　星期日

阴寒，缘昨晚燥热，今早三四时起风，旋即息止也。十时起，崔景云[①]来访，告以渠所寄居之布庄商号电话已撤，留一地名以备通讯，十二时后始去。午饭后与刘宇民写信，回候其推荐县长事，原函略云，鹤年先生返平传述尊指，聆悉一切，泽老慎选堪胜民社之人，承公盛意，以贱名推毂，渥荷知遇，感悚交并。霖才疏肆，应性又迂谨，时局非常，难胜艰巨，诚恐偶有疏失，致累高明藻鉴，用是踌躇，良非却顾，景况不裕，何容鸣高。但在某私意，倘能托迹津会，或任职市府，暂先橐笔以从藉备将来笑贷之用，此节曾经友人宋君道地重以鼎言，当可实现，未审尊意云何云云。盖此事纯出于宇民自动，余从未托其营求，如此时局，何心出仕，但宇公相知甚深，相爱甚切，盖只为余之景况着想，未暇问及余之志愿耳。既承特别关切，未便深拒善意，只可婉转道意，徐图谢绝可也。又与柏甫侄写信一件，询问家中找房之事已觅妥否，又询问由南开搬出时，书籍、陈设品及家具等件如何装运，何人经手，分存兴隆洋行及王宅者，均系何物，并将刘宇民之意告知。终日沉阴，气候又清凉，故未出门，今晚义务戏亦未往听。晚居停来谈，九时半辞去，濯足，十二时睡。

(九)[十]月四日　阴历九月初一日　星期一

阴凉。十时余赴维持会，十二时始开常会，一时散，张希天午前未到，代其分散文件，又办稿一件。四时三刻离会，步行至宣外平民

---

① 崔景云，前后均作“崔景南”。

市场，在各古玩摊及旧书摊巡游一周，购《袁氏艺文金石录》一册，浙西村舍刻本，是书将由汉代至胜清吾宗一氏之撰述、金石著之于编，使后世袁氏子孙得所考焉。六时返寓。

(九)[十]月五日　阴历九月初二日　星期二

晴，早风甚大，十时后渐息。十时半赴维持会，由今日起改移后院开会。午后二时三刻离会，步行至西单南万聚园沐浴。至该园门前，见有日本军人甚多，似有进该园沐浴行状，遂改赴西四牌楼华宾园沐浴。浴客甚少，寥寥可数。该园为西城较大之澡塘，平时生意甚佳，坐客常满，今日市面萧条，生意不免一落千丈，且自事变以来，平市各项生意皆萧索万分，又讵止澡塘业而已哉。六时余归，晚接柏甫侄十月三日来信，言家中尚在俞宅寄居，内人近因忙碌帮同王家一奶奶办理芷庭殡事。九月初一日发引。每日在王宅时多，又拟将来即移至王宅同居，以便照料。但闻渠所租之房甚少，亦不敷住耳。又言津中各河水大涨，杨柳青一带均已决口，津市能否幸免尚不可知。倘兵燹之后再继以水灾，人民其何以堪，阅之心绪焦虑。今日阅《庸报》，亦登载水患堪虞。

十月六日　阴历九月初三日　星期三

晴。十时半赴维持会，午前办稿两件，闻刘宇民已返平，容当往访。午后与兴隆洋行杨晋三通电话，拟通融数十元，据云须俟明后天再往取。因想及恐渠以未接津行函示不敢作主，遂与高少洲写信，说明再通融百元之原因，此款及前借百元，将来经济活动如数拨还，抑或如何付账，俟余返津面商后再出账，此时请先暂浮记，并顺便致谢宏儿在其府上寄住上学校等事。五时归，晚饭后居停来谈，十二时睡。

十月七日　阴历九月初四日　星期四

阴，早且有小雨数阵。九时一刻始起，午前未赴会。二时接柏甫侄复函，系五日发，云特一区房子恐不易找，王家一奶奶所赁之房，房间既少，地点且僻，甚不合宜与王宅同住。柏甫等因西头老宅现腾出南房三间，与内人商，仍请内人同慧女回老宅去住，宏儿存居高少洲宅藉便上学等语。找房既感困难如此，权住一时亦无不可，余当写信与内人，促其决定搬回。至于关于余有人保荐出仕一节，家中人等似均同意，但余究不甚此时冒然骤任地方行政官，是以闻刘宇民返平已两日，尚未往晤也。二时余出门，发昨日与高少洲所写通融百元之信，至舍饭寺李宅，向薛掌柜暂借十元，俟兴隆款取到即还。至维持会，知合室办公已于今早实行，已将余之办公桌椅移设妥当，主席白浣亭亦与大众同室设桌办公，但秘书处尚未移来。拟稿数件，六时离会时阴云密布，气候潮湿且寒，步行至六部口始雇车返寓。近数日思虑现状艰窘，以摘东补西过日子，加以津中眷口分散，寄居各处，战事何日始能平靖，个人前途如何安排，焦思苦虑，心绪为之不佳，近来每日清晨醒来，又不免烦闷萦于胸中矣。

十月八日　阴历九月初五日　星期五

阴晴不定。十时半赴维持会，祝三先至，与王鹤年谈，日军在华北者已无增兵可能，盖因北满吃紧，须分兵防满也。报载，天津各河水涨已至最危险时期，南运河杨庄子一带已被淹甚烈，大园堤甚吃紧，特二区等处因地沟倒灌，平地已见水五日，津此次兵灾甚重，华界驻军，人民已感无处迁避之苦，倘再加以水灾，人民流离失所，无处可奔者何只数万家，真可谓水深火热之灾难也，阅之愁然心悸。六时离会返寓。

十月九日　阴历九月初六日　星期六

阴云终日。十时始(赴)[起],未赴维持会。午时友梅来约瘦梅同赴法源寺,午后二时余出门,原拟赴大红罗厂访刘宇民,旋又变更原议,径赴维持会办公。三时,白主席召集各县委员开会,咨询各县被灾情形,至六时仍未散,费数小时光阴,所报报告恐亦无力救济,徒费精神也。韩昌黎诗有句云,可怜无益费精神,有如黄金掷虚牝。可为今日之维持会咏也。无公可办,因与同人闲谈本会近状,除多日不出席常会之各委员外,其余少数到会者亦只于十二时前后来会,匆匆列席即去,各为其个人前途在外活动,仅一总务处处长兼代主席白浣亭终日在会办公,清晨即到,至张灯后始去,可谓众人皆逸而我独劳矣。然终日虽忙,俱是无谓之事,不但主席职权内之事不敢专行,即总务处分内之事亦不过问,优柔寡断,畏首畏尾,究不知所为何事。倘皆是利国福民之举,亦不枉费此精神,岂但造福灾民,问题重大,非渠所能胜任。即全会职员枵腹从公已尽两个月义务,每月区区数十元车马费且亦置之不管,致使怨声载道,啧啧烦言,似此形同木偶之主席,依然干得起兴,多见其不知自量也。六时离会返寓,晚略阅书,提前休息。

十月十日　阴历九月初七日　星期日

晴。今日为国庆纪念,现在华北战事未结,毫无庆祝举动,街市无一家挂国旗者。日昨报载,北平维持会议决放假,但截至昨日六时,本会亦未接到正式通知。今日又适逢星期例假,放假与否无从分辨矣。早点后,阅《楞严经直指》,并与此经《正见》合参互证,阅六七页,临东坡《西楼帖》一页。午饭后甚觉困顿,略卧息。三时余步行至宣武门平民市场巡视,在估书摊上见有叶昌炽之《(督缘室)[缘督庐]日记》残本,只有四卷,大约尚缺四卷,索价四角,未得购到。五时至舍饭寺李宅,楚卿外出,在客室候时余始归,晚在李宅用饭。九时返寓。天气燥热，似将降雨，津门水患正在吃紧之际，甚盼多晴少雨。今日未得阅津报，不知各河水势如何，念之。

十月十一日　阴历九月初八日　星期一

阴，由夜起大风，至晨未息，午前风尤大，街上尘土蔽空，行人绝少，气候亦寒。终日未出门。十时半兴隆洋行北平办事处吕君来电话，请前往取款，余答以下午前往，因午后亦未出门，故未往取。午前默诵佛号、观音菩萨号各数百声，又默诵《大悲咒》数遍。午饭，略卧息半时，起后临《西楼帖》，阅书。晚饭后，接高少洲复函云，接北平行员公函报告余拟通融五十元，已于八日函复北平行照交，对于余函所拟通融之一百元未言及，不知何故，又少洲来函云，已嘱柏甫来函，只好稍候柏甫函到再往取。

十月十二日　阴历九月初九日　星期二

晴，早有风。十时余赴维持会，到会后即闻，本会已经北平地方维持会决定改组为行政委员会，隶属于北平维持会，管理河北省四十余县行政事宜。闻平会昨日约刘宇民前往，经江宇老对宇民发表此项消息，嘱其对会内宣示，故昨日刘宇民为此事奔走甚忙。但据白浣亭主席今日常委(员)[会]后言，本会滨本顾问对此次改组，事先既未与闻，事后不免仍有不甚完全赞同之意。盖此事发动于北平特务机关长根本方面，滨本与(市)[寺]平为一系，所以不甚接头也。今日常会所到常委较往日为多，对于本日结束问题讨论甚久，闻将改组，只留委员七人，至九日各委员去留尚未定，又闻本会以本月底结束清完，行政会由十一月一日成立，至各职员，开具履历一并移交，听候甄用。六时赴兴隆平处，经吕君手取洋五十元，天津总行寄来清单一纸，内列津寓支一百元，指定由年终股息扣抵，平寓前支一百元，此次又五十元，嘱余加盖印章。前与少洲函借百元，此次只列五十元，余既股份，且年终尚有二三百元息红可得，今竟有意限制，少洲为人小气,真令人愤愤。余自事变后收入顿停,若非拮据万分,绝不愿此君通融也。晚思虑将来用度不继,郁郁不可言状,写履历稿一份,备明日带会烦书记缮清。十二时睡。

十月十三日 阴历九月初十日 星期三

阴。十时余赴维持会,今日常会选举委员十人,各委员缮履历以备送北京维持会。自首都迁移南京后,北京改名北平,经由昨日北平维持会议决,仍改称北京,由十三日起实行。晚饭后与柏甫侄写复信,赞成眷属暂迁回西头本宅住南屋,另附谕慧女一信。由今晚起服药面一包,十时余睡。

十月十四日 阴历九月十一日 星期四

阴,有风,甚寒。十时余赴会,二时赴西四华宾园沐浴理发。午后并小雨,旋止,六时出园时凉风刺面。晚陈香久来访,谈至十时始去。十一时半睡,时正降雨。

十月十五日 阴历九月十二日 星期五

早阴雨,七时始止,天气甚寒,多御棉衣,余亦换着薄棉袄。十时余赴会,阅《庸报》,津门各河水势经日内风雨交加又略见涨。午饭后,与张希天略商会中成绩事,余代拟大纲数条,惟张系门外汉,各书记又多暴厉不受指挥。余于二时即离会,步行至李宅,还其账房十元,楚卿尚未起,遂出。步至顺治门成兴顺询煤价,砟子小块每斤[1]五元二角,红煤只旧存少许,每(顿)[吨]索价廿元,新货无日能到,所好者北京冬季洋炉即可生用砟子,不必专用红煤也。四时返寓。

---

① 斤,应作“吨”。

十月十六日　阴历九月十三日　星期六

晴，天气仍寒。十时余到会办理结束事，闻本会不待月终即须撤消，行政委员会组织大纲及会议规则已经秘书处拟妥通过，函送北京维持会查核。滨本顾问建议举办书画赈灾展览会，函北京公园董事会，假借该会地址于下星期四开筹备会，傍晚离会返寓。

十月十七日　阴历九月十四日　星期日

晴，天气晴朗，阳光充足，为近数日少有之良景也。午前崔景南来访，据谈胡以皮确已离平，化装邮差，取道门头沟一带赴保。又谈闻外间传言，日本在华北军队有在廿五、六日全行撤退之谣，天津英租界且有出售日军撤退奖券，以日军撤否定奖券输赢，并言北京东交民巷亦有出售者云云，但无目睹此券者耳。午后访刘宇民于其私邸，渠对改组行政会事态度甚消极，谅无被任委员希望，关于高五爷方面嘱其保荐县长事，渠言如欲干，渠即可代写介绍函，余答以稍缓再议。因其精神不振，又将午睡，余不便久坐，遂兴辞而出。赴孟竹龛寓谈许久，见其案上有新收刘石庵手卷两件纸本，临三希堂魏晋人书，行楷皆备，但非精品。处此财穷民贫，大局不靖，出廿元代价尚以为极廉，此老真不知时务矣。四时赴李宅，楚卿将起，为言郑州来回信，措词极荒谬，原件未曾交阅，从此永断往来，亦属绝妙。晚饭后，九时余归。

十月十八日　阴历九月十五日　星期一

晴，天气甚暖。十时余赴会，今日发九月份车马费，除扣伙食及戏票四元外，仅领到十九元八角，到会服务两月，只见此区区报酬耳。午后与白浣亭谈及本会改组后主席及各委员人选事，据白云，现时各方竞争甚烈，究竟属谁，尚未决定，渠意拟拉朱深氏出任主席，渠尚可备员一名委员，否则人选不孚物望，即不愿参加。四时余离会，赴李宅，稍坐即出，返寓。晚居停来谈，九时去，与宋旭初写信，托其转邀高五爷函江宇老说项，附节略一纸。十二时始睡。

十月十九日　阴历九月十六日　星期二

晴暖，棉衣几不能穿，装设火炉。与柏甫写信二封，嘱其转向高少洲商洽提股六百元，除扣还浮欠二百五十元外，下余作为至年终京津两处用度。此信由前日即写成，今日又加删改，连同致宋旭初平快函寄英租界新居，于下午三时付邮。下午赴维持会，常委已无一人在会，仅办公厅职员数人忙办移交各事。晤高桐斋，谈许久。阅报载，北京地方维持会布告北平改称北京事，其文尚可诵。原文录出：为布告事，查北京自辽金元以迄明清，历代建都，号称首善，规模远大，制作堂皇，为文化荟萃之区，实中外观瞻所系。改称北平以后，名义既殊，地位遂降，邦人君子非不力企繁荣，乃益日趋凋敝。推原其故，逐末者但尽美利于东南，数典者渐忌高曾之矩矱，视同瓯脱，列末陪都，宝器潜移，觚稜空在，比者干戈扰攘，井里流离，百业萧条，兆民疾苦。本会尽心绥辑，负责维持，幸免咸阳一炬之灾，宜仿有宋四京之例，爰采诸方建议，恢复北京旧名。除将本会原称之北平地方维持会改为北京地方维持会，并通令知照外，为此布告。嗣后机关团体暨商民人等，公私文书，凡用北平字样者，务须一律遵改，以齐观听，而示庄严。乐土兴歌，与同胞以共勉，旧邦勿替，期百度之维新，宏我汉京，矢诸皦日，合行昭告，咸使闻知。此布。云云。

十月二十日　阴历九月十七日　星期三

晴暖。八时余起，十时赴会，无事可办，亦未开常会。十二时有日本新到北京之大将出巡，过西长安街一带，军警临时断绝交通，在会常委李某闻报戒严，遂匆匆而去。身为维持会常委，举动如此张皇，可哂也。改组后之委员人选，尚未决定，据近数大势观察，旧会常委能有希望者绝少耳。三时离会，至宣武门市场一游，在旧书摊上见有吾邑巨德严范孙先生《古近体诗存稿》一册，急购归。严公道德事业俱足千秋，不以诗名，亦不藉诗传也。惟读公诗，情真理切，非雕章琢句、仅以词藻见长者也。善夫，王仁安先生序公诗稿之言曰，公之诗，情真，理真，事真，不牵强，不假借，不模糊，不涂饰，如道家常，质地光明，精神爽朗，能造此境，又何新旧之殊与古今之异。盖公尝以今人尚新体诗，曾见有工新体者谓我诗颇类新体为问，故仁安答之如上，即以所言序公诗耳。又购《晚明小品文总集选》一册，南强书局出版，王(阿)[英]编选，归寓已五时矣。颇觉疲惫，卧椅上翻阅严公诗册，吟咏不能释手。晚饭后接慧女来信，知已找妥特一区牛庄路积余里八号房，与其十一舅母同居，并言由津变后，家中用项除向兴隆洋行借支一百元外，又向张宅宋妈借用一百元，并问以后如何办法。余近两月时时以此后京津两处用度为虑，前日与柏甫去函嘱其转向高少洲商洽者，即为此事也。

十月二十一日　阴历九月十八日　星期四

晴，天气晴暖。午饭后赴会，闻今日所到常委只白浣亭、魏子丹二人，滨本顾问近来依然到会。据闻，滨本查悉会内职员八月份车马费未发，及会计、庶务账目未清，颇示不满，甚且发怒诘责。八月份职员概尽义务办法，原属说不下去，会计、庶务向来白君不肯过问，其意我既不过问，亦不负责，完全使用滑头手段。吾侪见解以为，渠既任总务处长，又兼代主席，无论以何项资格，均有不能卸责地步，不发生问题则已，倘若发生事故，决不能因向未过问而可推卸责任。果然不出所料，刻下日本顾问滨本已问上头来，欲推而不得，再滑已不能。以自列缙绅、自命有声望之常务委员见不及此，可鄙也。今日议事录有顾问滨本建议速补发八月份职员车马费矣。晚饭后与慧女写回信，小字密行，尽信笺七纸，并附应检带京书籍、衣服单一纸，九时半写毕。略休息，十二时后睡。

十月廿二日　阴历九月十九日　星期五

晴。九时起，今日为观世音菩萨成道之日，茹素一日。柏甫忽来，只带绒裤褂三身，驼绒袍子一件，拟带之其他过冬衣物及书籍均未及带也。详谈津变以来家中流离播迁之事，及津门被灾情状，使余对于津里各事略得梗概。留吃午饭，十九日所发嘱其与高少洲接洽款项之信尚未接到也。午后二时赴会，王祝三来会，谈许久，频出会与白浣亭略谈行政委员会事，据云现在各方竞争，委员仍未决定，大约总须下星期始可决定。本会结束，虽已呈报廿三日止，但实际上总务处、秘书处仍须留人维持局面。六时回寓，居停持缮妥之件来看，谈至九时半始去。晚接王颐忱函，知已在津教局任办事员差。十二时睡。

十月廿三日　阴历九月二十日　星期六

晴。九时起，午接宋旭初复函，备言此次事变受损失，经济困窘，已由英租界迁回城内老宅，虽其左右邻皆驻兵，不暇顾虑也，至对于高泽畬处，似无晋谒说话机会。此君有钱时任情挥霍，且好与下台之达官贵人豪赌，一夕之间输出万元无吝色。及手头金尽，伏处家门，昔日达官赌友，一时风云际会，重登政治舞台，虽欲一面而不可得，行年五十以外，且又屡经困厄，而纨绔之习依然如故，可哀也。午饭后赴会，各处经办簿册文件均移交总务处，由秘书办文汇交，今日即为结束最后一日，但下星[期]一总务秘书人员尚须到会办公，是日仍开常委会，讨论移交事，又备呈文向北京维持会催十月份经费。今日又办补送十月份支付计算书文稿，五时离会。晚与王颐忱写复函。报载，王荷舫任河北省银行经理，与慕韩写信一件，嘱其代为游扬，但恐慕韩亦非能办此事之手耳。

十月廿四日　阴历九月廿一日　星期日

早阴，午略晴，今日霜降节，较前数日天气稍寒。午前精神极不佳，早点后取严范孙先生诗册阅诵，至午心胸略开朗。午饭后，将昨晚与慕韩所写信重又更录两页。近日所谋辄阻，此番之事，尤觉慕韩无此口才，可以令彼方动听，今早寻思仍恐浪费笔墨，拟不付邮。饭后忽又想及姑再一试，成否听其自然可耳。三时赴西四华宾园沐浴，道中发王颐忱及慕韩两函。十余日未就浴，脚气甚重，经此一浴并捏脚，通身为之一爽，再加整容之后，面色亦稍改观。在书摊见乡人赵幼梅元礼《神祐集》一册，以四十枚买之。近日屡逢乡先辈诗集，日前既遇严范孙先生诗稿，今日又得赵幼梅先生诗集，严、赵均为天津城南诗社健将，二公交谊亦极投分，于两集中屡见唱酬之作。余虽不解诗，近日每于郁闷中讽诵，亦颇能略解胸中抑郁耳。今日报载，行政委员会简章已经北京维持会决议公布内容，定委员七人，以京会常委为主席，委员分总务、政务、救济三组，对于河北省维持会所拟组织大纲条文概未采用，完全另行起草耳。

十月廿五日　阴历九月廿二日　星期一

晴。十时半赴会，今日所到常委甚多，原为商讨如何结束移交各事，特于上星期六发柬，约请到会者，惟日顾问不主张移交北京维持会，须待政委(员)[会]成立直接移交政委(员)[会]，并主张照常办公，是以对于上星期六所发通知截至廿三日停止办公一节，又不免有所变更矣。又闻政委(员)[会]之委员似可容纳旧会常委数人，但人选尚未定，气象亦稍转佳。会后办稿两件。大兴、宛平各县维持会已接到各该县政府公文，转奉北京维持会令，各县维持会撤销一切事务，应归县府主持，大兴县属之黄村维持、宛平县属维持会纷纷派员来会请示，不免又多一番纷扰。四时余离会，至宣武门，游平民市场，在书摊购南强书局出版阮旡名所编之《日记文学丛选·语体卷》一册，该局所出之文言卷《日记文学丛选》已于前年购得。晚饭后阅《日记丛选》内陈衡哲之《北戴河一周间》，钟敬文之《海行日述》，梁任公之《伦敦初旅》等篇。

雪盦日记　数

廿六年十月廿六日起至十二月廿二日止

十月二十六日　阴历九月廿三日　星期二

晴。八时醒，内急，腹痛甚，即起如厕，先泻而后改稠恭，甫离厕，内仍急，复登厕始平，盖昨晚食水果较多也，身体稍觉疲惫。午饭后于二时赴维持会，到会后，闻行政委员会委员人选已内定，本会方面为白浣亭、刘宇民、高艮山、宁夔扬四人，北京维持会方面为朱深、张连福、梁亚平三人，又闻本会前常委李壮飞、杨秀夫为候补委员，至主席委员虽未定，但以七委员中资望而论，当以朱深氏为有望耳。略办公事，四时余离会返寓，经宣内大街，见破摊上有花盆数个，当即下车购白地青花长甬花盆一个，价六角。晚饭后阅《日记文学丛选》。

十月廿七日　阴历九月廿四日　星期三

晨阴，七时有雨，八时余止。将昨日新购之花盆栽以文竹，甚美观也。午时略晴，旋又沉阴。二时赴会，日顾问依然到会，拟呈文稿一件，呈报北京维持会分三路放赈款即前演义务戏所余之三千一百四十元也，每路推常委一人，携带职员一人宣传。白浣亭送日本顾问滨本一人字条一副，系宝熙所书，白君又送诗三首，书于条幅边缘上，其诗云："天地育人才，使之挽气数。先生好自为，腾达在指顾。""东亚两大邦，携手实先务。行尽带砺盟，措置磐石固。""忝△樗栎材，勉学邯郸步。更愿附骥尾，同跻太平路。"诗虽不甚工，但立言尚得体，较之恭维拍马一类文字，差胜一筹耳。接慧女复笺，言兴隆高少洲现以行务不佳，正自要弄愚性，对于余之所拟向其提出股本一部份事，家中不欲此时再与之增不快之感，所说尚是，余亦拟从缓再议可矣。返寓时，在宣内书摊上购吴大澂所著《说文古籀补》残本一册，只费铜元廿枚，若是全部，恐非贱价所能购得者耳。晚与崔景南写信，问前交圆石章一方，未悉仍存否，如已由县府带出，以便就今日所购《说文古籀补》考订篆文。

十月廿八日　阴历九月廿五日　星期四

晴，午后赴会，白浣亭交刘宇民所拟行政委员会组织大纲节略，转嘱余为之草拟条文。北京维持会已发表行政委员会简章，曾于本月廿四日各报登载，盖渠尚未寓目，故所拟大纲不少抵触，余研究结果，惟有根据维持会发表之简章改拟办事细则，大致总务组分机要、议事、文书、人事、会庶五股，政务组分民政、财政、教育、实业、视察五股，救济组分调查、赈务、公益三股，另设监察委员会及金库，各组主任及监察会主任、金库主任均以委员兼任，及设副主任委任，各股设股长、股员、办事员，每股若按六人论，约须用职员七八十人，雇员尚在外，果如此组织，可容纳许多人员。本会地址前为河北监察使公署，存有各县志书约六十余县，又各项年鉴、法规甚多，堆积一室，数月来无人过问，刘宇民不知何以知之，今日派王元甫整理开造清册，将书庋于书架，经此一番清理，得免损失，其功甚伟，若白公等绝不敢问此事也。傍晚返寓，晚起草行政委员会办公细则，至十二时已脱稿，一时睡。

十月廿九日　阴历九月廿六日　星期五

阴晴有风，甚寒。午后赴刘宇民宅，甫进大红罗厂，见刘宇民乘汽车出门，停车嘱余在其寓稍候。王鹤年已先至，谈悉滨本顾问有讽令刘公辞退委员事，始知行政委员虽已内定，但落选诸人仍在努力运动也。少顷，有一人带一日本通闽人来，据谈，中日事件现已有人主张停战，其条件中国承认“满洲国”，华北组织政权与中央取不即不离态度，近两日上海战事中国方面失利，不如趁此议和云云。傍晚宇公归，见所拟细则，甚表赞同，少选白浣亭、宁夔扬先后到，亦均传观。余于六时辞退，返寓途中寒气逼人，抵寓后取汤少许饭之，始暖。晚拟宇民所交之维持会结束通启。十二时前已脱稿，一时睡。

十月卅日　阴历九月廿七日　星期六

晴。九时起，近数日午前不赴会办公，故于早点后默念佛号数百声，《观世音菩萨大悲咒》各五百遍，已三日未间，今特发愿，在未任职务以前，拟即每日早间视为定课，将来任职后亦拟每早抽暇默诵《大悲咒》三五百遍，观世音菩萨号三五百声。课毕，将昨晚所拟通启稿略加润色，并抄录一份，以备午后送宇公核阅。三时余赴维持会，取秘书刘某所拟未发之结束启事稿一阅，文字甚不足观，据闻刘某尚为大兴名士也。五时赴刘宇民宅，已出未归，将稿留下而归。晚饭后写三日来日记，兹将通启稿录存：

敬启者，溯自华北事变发生，尤以河北受祸最巨，人民流离，田庐荡析，凛兹大难，乱靡有已。爰本虽恭桑梓之忱，勉尽拯民水火之义，当经联合各县人士共组维持救济会议，同人等既受各县人民付托，复承会员委员推戴，忝任常委，陨越时惧，任事以来筹谋救济，祛除疾苦，有见必行，惟力是视。虽成效未如所期，而义务已属勉尽，为民努力，何敢告劳。兹此河北战事日趋平静，地方秩序逐渐恢复，而行政委员会亦将组织成立，嗣后关于地方行政及救济难民等事，应由行政委员会赓续办理，同人等为履行本会成立时“俟民命有托，义务终止”之宣言，即将本会于十月三十一日宣告结束。俾卸仔肩而践息壤，谨具笺启，惟希亮察，祇颂台祺，诸惟公鉴云云。

十月三十一日　阴历九月廿八日　星期日

晴。十时刘宇民来电话，约今晚在外交部街蝠蝶林番菜馆吃饭，并云昨日送去之通启稿已阅过，并略有修改，晚间面交等语。作净课未毕，崔景南来谈，至下午一时始去，向其所函询之圆石章据云已在大兴县府遗失矣。午饭后觉腹内不甚合适，稍息。于三时赴西四华宾园沐浴，浴毕已六时，赴刘宇民之召宴，同座有张玉衡璧、王鹤年、石小川及阙君所约来之闽人黄某日本通也。八时始入座，西菜尚佳，除小吃外，一汤两菜一点心，其奶油冰其林及菜汤颇有青岛市内之青岛咖啡风味。座中刘公及余均同时客青岛，尤于今晚所食别有回忆之感。九时余宴毕，急乘电车至前门，改乘人力车，返寓时将及十钟，街上行人仍复不少，商店亦有未上门者，京市近日治安似颇进步。晚缮清通启稿，食煮鸦梨一枚，一时余始睡。

十一月一日　阴历九月廿九日　星期一

晴。午后赴会，三时同人共摄一影，五时赴新陆春聚餐，备席三桌。饭后赴李宅，与楚卿谈至九时归。今日在会内借《天津县志》人物、选举、缙绅等六册，归阅县志。

十一月二日　阴历九月三十日　星期二

晨阴，午转晴。昨接慕韩复信索履历，陈六吉来函托谋事，以上两函昨晚未及阅，今早始拆阅。早课后起履历稿，并与慕韩写信。午后赴会，烦书记缮履历片一份。下午会中招待新闻界，为宣传书画览展会事。五时返寓，牙床因昨晚饮白干酒之故略发肿，甚痛，晚提前休息。

十一月三日　阴历十月初一日　星期三

晴。左上牙床皆肿，将义齿取下，饮食均感困难，午后肿痛尤甚，终日未出门，诸事皆废，至晚购来美国制李施德霖药水一瓶，加白水少许漱之，居然见效，至临睡已见消肿。接宋旭初来函，附高委员长条一纸，盖泽公烦旭初兄转告请余到治安会或其公馆一谈也，究为何事，旭初亦无得而告，问余能否赴津一行，余当写信答之，因现正改组行政会，稍迟至六日可以回津。十一时就寝。

十一月四日　阴历十月初二日　星期四

阴。晨起牙床肿已消，惟仅有一小泡，又用药水漱之，至午饭时已全消，并能代上义齿矣。午后赴维持会，昨日行政委员会委员已发表为黎炳文、白浣亭、高良山、宁夔扬、章濂甫、王坦、朱西苓七人，今日已在中南海开谈话会，因白、高公出故未推主席。余到会后，朱西苓将余前所拟之办事细则取去，盖今日谈话会推朱起草办事细则也。白公由长辛店托人带来致余及张、刘诸同人函，仍将西行至涿良，约五七日始能返京，并嘱发薪，今日始将十月份经费领到，明日可发也。五时赴李楚卿宅，晤陶镜湖，托其车夫明日代找陈鹤亭来寓，宋旭初兄托向其索帽正烟壶也。晚在李宅用饭，八时归。

十一月五日　阴历十月初三日　星期五

阴，有风。十时余柏甫来，出示慕韩来信，意欲余回津小住，备王荷舫约谈也。十二时陈鹤亭来，向其代索帽花烟壶，渠云二三日自行送津。午后赴会，领十月份夫马费及补发八月份十四天夫马费，无一常委到会，稍坐，与刘卓然谈许久，即归。在宣武门小市代友梅购化学印章并盒，代篆字共四角，约明日往取，又在书摊购《国朝名人小简》两册，价五分，即返寓。晚饭后代卓月波复刘龙群一函，阅书，睡。

十一月六日　阴历十月初四日　星期六

晴。午后与慕韩写信，内附慧女一信，告渠等余拟八九日赴津，三时余付邮。四时到会，白浣亭已返京到会，仅匆匆数语，未及详谈。

五时余返寓，晚起草上白浣亭条陈，至十二时已写千余字，惟尚未煞青，就寝。

十一月七日　阴历十月初五日　星期日

晴。早课后继续起草致白书，已脱稿。午后赴西单万聚园沐浴，又赴万国理发馆剪发，七时归。晚饭后居停来谈。九时起缮上白君书，八行信笺，每行二十一二字，尽九页，约一千六七百字，至十二时缮讫。此次就河北省地方维持联合会改组行政委员会，旧委员内此次有四人当选为行政委员，其余三人系北京维持会方面所推。余在河北省维持会服务三月，目睹该会一切杂乱无章，毫无秩序，常务委员十四人多属未厌人物，而办事职员亦属人品不齐，扰攘纷乱三月之久，怪现百出，已属见惯不惊矣。此次改组行政委员会，系属兼监督指导河北四十余县地方行政，若仍前杂沓，实属不成事体，因就以往三阅月之经验关于用人行政应须改正者致书白浣亭委员，请其采纳，原文如下：

浣亭主席赐鉴，敬陈者，此次行政委员会成立，吾公荣膺委员之选，元孚众望，不独私幸，实为本省政治得人庆也。查此会为河北省数十县行政钧枢，具有从前省政府之职责，范围虽小，任务甚大。惟事变以来，河北省政府暨各县政府一切章制档案非已遗失，即属残缺，文献既不足征，规模且须重立，加以各县兵燹之余，疮痍满目，抚辑流亡，筹度治理，督率指导，较诸往昔尤感困难，发号施令，胥由此会妥予规画，其职权之重且巨，有非以前省府所能比拟者也。所幸委员诸公位望兼隆，政治专家，均极一时之选，将来崇论宏议、硕画荩筹，必能见诸实施，裨益省政，可操左券者也。兹当组织伊始，谨就管蠡之见，聊陈一得之悉，希赐览为幸。

一、此会成立使命，既为综持本省数十县行政之机关，当此军事甫定，百端草创，内部组织虽不能庞然扩大，但亦未可因陋就简。一省要政，民、财、建、教四大端，现时虽然未必均属需要，而择其要政最切时务者亦有数事，查原公布简章只设三组，似嫌不足，包括一切救偏补遗，惟在办事细则内稍予补救。前秉承刘宇民委员意旨，所拟办事细则除总务、政务、救济三组外，别订监察委员会及金库两附属机关，在宇公既别有用意，在事实亦可容纳未尽事务，至分股或分课尤为事理所必需，组织所应有。盖所管职务类别既多，而事务人员才能有限，长于财政者未必优于吏治，仅能奔走肆应者，不可使其伏案治牍，务使责有专属，斯可事无不举。一组之内若仍职权不分，混合杂糅，益若漫无程序，且亦无法督责，至于各组主管职务，只按事务性质划分，不能就人的问题规定，假使推兼总务组之委员起草，即将一切职权强行规定于总务组之内提会讨论，纵有不以为然之委员暗示反对，终因碍于情面不加力争，比经公布，惟有均不照章奉行，致使法规等于废文。此会非复河北省维持会可比，一切章则，究以妥订于先，以免弁毛于后为可贵也。

一、此会委员诸公位望兼隆，政治专家，均极一时之选，将来对于施政大纲，硕画荩筹，崇论宏议，必能见诸实行，裨益治理。然委员职责，不过综持治要、提挈纲领而已，至分掌簿书、相佐为理，实为各组织员是赖。维持会原有各员济济多才，固然不缺乏贤能之选，且义务从公已达三月，亦不无微劳，足录酬庸，录用又属经见诸宣示及通告。惟此会主管行政事务，与从前维持会专办救济事业者迥乎不同，将来选用旧员，似于不使向隅之中，仍寓为事择人之意。盖此会上受北京维持会管辖，下为各县政府表率，且有日本顾问从旁监督，用人稍有冗滥，上既难得主管机关嘉许，下且不足为直属各县具瞻，况人杂事废，行政效率无以表现，尤启外人轻视之渐，以为吾国用人只凭情面，转相汲引之陋习，至是尚不能铲除净尽。愚意此次各组选用职员自以维持会旧人有优先之权为原则，但为人事相需、用得所长起见，拟将移交职员履历提会审查，按照各人以往经历酌委素所经验之职务，查明各人资格浅深，分配职位等级之高低，所有去留定级一概付之审核公决，以免有力奔营者滥居高职，淡泊恬退者屈为下僚，尤可杜绝人情争执难决之弊。倘进退秉公，幸门墐塞，亦可间执谗慝之口。再成立伊始，营求干进，谋夫孔多，势所不免，务请慎重发表，宁缺勿滥，将来经费不敷，裁汰维难，此为吾公曾经之困苦。痛定思痛，谅在洞察之中，毋庸再可冗渎者矣。

一、此会既为委员制，一切要案取决议席议场秩序，似应注意，若发言盈庭，各人均不得毕其词，纵有灼见傥言，无由尽量发表，而记录人员尤感无所下笔之苦，亟应妥订议事章程，明白规定，应守秩序以保会席尊严，吾公议坛耆宿，自必有以垂订也。

以上各节本属卑无高论，惟辱公雅厚，聊尽悉者一得之见，藉备土壤细流之采，本拟面陈，恐公忙无从罄其言，用是拉杂累牍，尚希谅鉴。

十一月八日　阴历十月初六日　星期一

晴，无风，立冬。早课后，封发昨晚所缮致白长函。午后赴维持会，闻行政委员会今日推定朱西苓为主席委员，此公曾在司法界任庭长，现执律师职务，于行政方面殊无经验，此会前途成绩可以知矣。据闻曾留学日本，但绝不能操一句日语，自命亲△派，或以此种关系当选欤。闻秘书、总务两处今日先全部迁往该会，明日即可开始办公。余向白公声请明日赴津谒高五爷，惟白挽留缓一日往津，以备明日早先到行政委员会一去，王鹤年、宁夔扬亦以此为言，遂允迟去津一二日。六时返寓。

十一月九日　阴历十月初七日　星期二

晴。十时赴中南海西四所行政委员会新会址，到会后见各委员已到，不久即开会，闻讨论办事细则，此次起草之细则，完全秉承日顾问意旨，规模甚小，各组亦不分股，已将余前所拟之恢宏局面不用。晤朱西苓主席委员，面致慰留之意，并言，闻白二哥云阁下欲回津，请不必去，多多帮忙等语。余答以津中有事，去三二日即回。午后一时赴李宅午饭，饭后久谈，四时余始回会，小坐即出。终日无事可办，临出时又向白重申回津之请，渠(慢)[漫]应之。晚饭后，复陈六吉一函，又为运盐接济民食事与刘宇民写信报告。十二时睡，今日升火炉。

十一月十日 阴历十月初八日 星期三

晴。八时余起，十时打电话，知刘宇民已返平，即走访之。报告盐运事，又谈余出处进退事甚久，刘公劝余如无他就，亦可暂与委蛇。余拟脱离白所领之组，因为昏聩糊涂，无知人之明，亦无用人之道，代其受辛苦帮忙，渠一概不懂也，宇公意拟使余调政务组，闻宁夔扬兼组主任也。在刘宅用午饭，宇托交赠送张月笙册页一件，为王觉斯行书诗二首。一时余赴李宅，与楚卿详谈会内事，甚愤慨。五时返寓，比归，知行政会今早来电话约到会，遂往会一看，白、朱均表挽留意，朱尤殷殷嘱速归。余向其声明，去津三天即回也。六时半返寓，晚饭后略整归装，就寝。

十一月十一日 阴历十月初九日 星期四

晴。八时起，用早点。九时余先赴柏甫处，渠送余到车站，购票后须鱼贯入站台，余只带小手提皮箱一只，羊肉一蒲包，小白梨一蒲包。登车后，三等车几无插足地，不得已，遂入二等车觅坐补票。三等票二元一角，补票加一倍。十时三十分开车，逢站必停，但只数分，沿路亦无兵车候错，故按准刻于下午二时五分到津东站。此为余自事变后第一次回津也。三时余抵津新寓特一区牛庄路积余里八号小楼一层，仅二间正式住房，厨房、澡房、马桶间均备，若不与王宅十一奶奶同住，尚可敷用。稍用午饭，慕韩来，据谈，渠代进行之省银行事极少希望，盖渠非能办此等事之人也。六时赴鼓楼东宋旭初宅晚饭，畅谈近数月经过及高五爷邀谈事，即在其宅下榻。十二时寝。

十一月十二日　阴历十月初十日　星期五

晴。九时起，早点，与旭初谈。午饭后同赴南市玉清池沐浴。六时同赴河北宙纬路高泽畬委员长公馆，稍候，高公出见，详细报告行政委员会事及各委经历，对于邀余来谈原因，亦无深切表示，惟最后言，现在既然在行政委员会有事，暂时去作，将来如有机会，再打电话或嘱旭初转达等语。余遂偕旭初兴辞而退。惟据闻高在维持会绝少权力，亦少发言，仍受各方倾轧，甚无聊耳。又据旭初言，此次高委员长传见余之原因，实为前几日有县长缺出，拟以相委，但因余迟延多日始到，恐已不能久待，另行委人矣。旭初对于余出任县长甚怂恿之，余实毫无此意也。七时同旭初赴日本租界旭街鸿宾楼便饭，饭后又至德义楼一叙。十时，余先辞出返寓。

十一月十三日　阴历十月十一日　星期六

晴。九时起，早点后与内人谈家务一小时。出门至寓宅左近步行一周而归，在家午饭，饭后携刘二至兴隆洋行取书籍、衣服，费时三小时，应找之书仍未觅齐，盖迁往租界时，书籍装箱概无记号，每找一书，必须将七八只书箱均须开启。计取出《辞源》三册、《辞海》一册、《资治通鉴》八九册、《张文襄公政书》五册、《佛学辞典》一部，各项抄本多册，佛经数种而已。衣服类取出皮大氅一件，灰鼠皮袄一件，旧丝棉袍一件，绒裤褂二身，毛袜数双而已。取毕，令刘二送家，余访高少洲一谈，出已六时。赴张月笙总长公馆法租界三十三号路十九号门牌，投刺后当蒙延见，略致积阔寒暄，盖自民十五年在开封送别后，忽忽已十余年矣。遂将刘宇民托带赠送之王孟津所书册页一件呈交，并奉嘱转托宇民为其公子智庵谋一县长。辞退后，赴宋旭初宅晚饭，慕韩至宋宅来见，饭后略谈。十时返寓，整理行装即睡。

十一月十四日　阴历十月十二日　星期日

晴。自回津后，改换饮料，特别一区所饮为海河水，质重味咸，与城厢一带所饮之南运河水不同，与北京之水亦异，故昨晚即感觉腹涨，今早略腹泻。闻午前九点廿分有车赴北京，遂于八时余离家赴东站，饬刘二送站。比及至站，始知十时四十五分有由津开京客车一列，在站稍候，十时余购票登车，幸不甚拥挤，准时开车，逢站必停，但无甚耽搁，惟在永定门站停时稍久，盖在该站有检察，日本宪兵及中国警察上车抽查旅客行李也。余所带小手提皮箱一只及衣包一件幸免检验，到前门站已下午二时有半矣，雇车返寓休息。晚与刘宇民通电话，渠正因行政委员会朱、白等委对于所荐之人概未允用大发牢骚，关于余之进退，请自作主张，亦不过问。余聆其言，颇现负气之慨，告其明日往其宅第再谈可也。晚对于行政委员会去就问题，甚加踌躇，又因连日疲惫，提前就寝。

十一月十五日　阴历十月十三日　星期一

阴。早点后于十时赴大红罗厂刘宇民公馆，谈及行政委员会事仍牢骚，对时局，据谈上海战事中国失败，有和意，并闻华北在中央谅解之下，有组织政权之传说，如果实现，张岳军群有北来说，余向其商酌行政委会进退问题，宇公答如有好事，即可不必参加，否则大可与之委蛇，不为现时计，亦应为将来计也。至前拟调往政务组以便脱离总务组之杂乱无章一节，宇谈已向宁夔扬谈及，宁甚欢迎，惟恐白浣亭恶其拉走得力之人而不悦，故未决。遂在刘宅午饭，饭后，王鹤年来，对余事愿代向宁说，据王谈，得可靠消息，华北自治政府在半月内可以实现，曹仲珊锟前大总统有领袖望，张岱杉弧有总理说。三时余，同王鹤年至中央公园书画展览会一游，只在水榭旧书画部巡视一过，匆匆未及详加品题而出，又同至王宅中街新迁寓所，承留晚饭，并约陈香九来谈。余为香九画策进行政会事，如余果调政务组，可将香九拉进，为余帮忙也，鹤年亦甚赞成，王陈至戚，正苦无机可令香九加入也。晚饭后，朱西苓、白浣亭(阶)[皆]至，余乘此时机向渠等销假，并报告津方政情消息，谈至十时，余先兴辞而归，白坚约明日到会办公。

十一月十六日　阴历十月十四日　星期二

阴。九时余到会，仍在总务组办事，政务、治安两组均已组织就绪，组内秩序井井有条，惟总务组依然一团糟，至今并一办公室亦未布置就绪。庶务与总务办公室同挤在一室之中，又加书记多人，亦杂在一处，喧嚣杂沓，有如茶馆酒肆，组主任局促一隅，亦无正式办公之桌。白浣亭原为乡老，而又无行政官体统，对于机关组织、公事程序一概不甚了了，办事乱抓乱拉，毫无手续，虽屡向建议，其乱如故，真不堪就药也。今日交办派人往涿县、良乡、房山办军运食盐接济民食公事，承其因余为盐务熟手而转交办也。五时余始离会。

十一月十七日　阴历十月十五日　星期三

阴。九时余到会，午与委员同席吃饭，一餐每月伙食八元，菜并不佳。下午四时小雨淋淋，五时后始出会，中南海内无人力车可雇，于小雨蒙蒙中步行至新华门外，至大栅栏始觅得车。晚与陈六吉补写复函一件，又与刘子明写信一件，托镇门事。

十一月十八日　阴历十月十六日　星期四

阴雨。九时赴会，雇江三车，言每日接送各一次。到会后，整理卷宗、规定、簿册，五时余返寓。晚休息。

十一月十九日　阴历十月十七日　星期五

阴。九时半赴会，天气甚寒，途上积雨已结冰，办派黄东纬、赵云甫赴徐水、定兴、涞水、安新、满城等县调查运销食盐事文稿，又略规定处理公文手续等事，五时余返寓。晚饭后补写日记，接崔竹亭来信，发宋旭初一函，托调查徐水等县盐务事，并托进行王集镇门事。

十一月二十日　阴历十月十八日　星期六

晴阴不定，有风，气候甚寒，为入冬第一日之严冷也。九时余到会，公事甚忙，五时离会。晚原拟访王鹤年，上午电话约定者也，因风大又严寒作罢，惟至骡马市大街陈香九一谈，为其策画进行政委员会事，十时后归。

十一月二十一日　阴历十月十九日　星期日

晴，早有风，益寒。十时起，早点后赴中街甲廿五号王鹤年寓，谈商调政务组事。十二时半返寓，午饭二时赴会，今日虽休假日，仍办公也。五时余返寓。晚食火锅，入冬第一次，写家信一件，报告到会任事及要衣服书籍，晚风声仍怒吼不已。十一时半就寝。

十一月二十二日　阴历十月二十日　星期一

晴。九时半赴会，午后陈香九来电话，言已往白寓拜谒，并托余代其遇机说项，代白主任起草对于召集新任县长训话演讲稿，于两小时内脱稿。京汉路各县食盐缺乏，特务机关私拨车运输一案，屡次拟议办法，迄未决定。今日有京引李汉谟者，来会报告各县盐商大概，均已领引筑盐，仍以由会电天津芦纲公所，转知各商赶速筑盐济销为宜。闻滨本顾问已采纳，白即交拟电稿送判，但至五时散会，电稿既未核定，且又有推翻原议之意，所谓议而不行者也。五时余离会返寓，晚装订由十月一日至十一月十九日《实报》一册，该报自事变时因纸张价昂，改出八开纸小报，由本月二十日起又恢复从前四开原型也。十二时睡。

十一月二十三日　阴历十月二十一日　星期二

晴，今日小雪。九时半赴会。今日下午二时，召集新委清苑、定兴、涿县、高阳、徐水、新城、完县、容城、望都、满城十县县长，及所属其余九县原任县长，在北京维持会颐年堂开会，到有江主席及行政委员会全体委员，并特务机关长、京会行政委会各顾问、特务机关新派各县之连络员日本人。二时开会，四时散会，行政委会主席及兼组之白、宁、高各委员，江委长、特机长、各日顾问均有演说，朱主席派余及詹君担任记录，由江委员长当场亲发各县长任命状，甚隆重也。五时半离会，晚在寓食涮羊肉片，在广安大街新开羊肉铺所买之羊肉片，肉美片薄，不亚于各大饭馆所备者，价每斤四角四分耳。晚阅报，濯足，十二时就寝。

十一月二十四日　阴历十月二十二日　星期三

晴。八时半起。九时半赴会，到会即忙，至十二时始毕。今日召集各县维持会主席及旅京士绅开会，介绍新任县长。余因由津返京后，一星期余未沐浴，午后请假三小时赴西四华宾园洗澡，五时半浴毕。赴舍饭寺李宅慰问楚卿，盖因日来报载楚卿原籍河南周家口镇被飞机炸毁情形也，于学谦、孔栋丞、袁健侯均在座，在该宅晚饭，谈至九时辞出，返寓休息。略阅书报，十二时睡。

十一月二十五日　阴历十月二十三日　星期四

晴。八时余起。九时半赴会，午后又召集新委各县长到会，审核县府秘书科长，本会又加入日顾问一人，名粟屋，昨日已到会。闻此顾问不能华语，各委又均凛畏，其人性情暴戾，白浣亭尤惴惴畏惧，可笑也。五时始续开常会，六时散后尚赶办公事。晚阅书报，十二时休息。

十一月二十六日 阴历十月二十四日 星期五

晴。八时起。九时一刻赴会,到后即忙乱一阵。今日向临时财政监理处领到十四县一个月行政费四万贰千四百元,五时半将离会之际,白浣亭又将余等唤回,研究赶于明早分发各县长行政费款手续事,惟究竟所应发者均系何县,每县应发若干,系由顾问与特务机关规定,白与朱主席均不得知。迟至六时后始离会,已饥肠大鸣矣。晚饭后阅报。

十一月廿七日 阴历十月廿五日 星期六

晴。七时半起。八时三刻赴会,到后即忙于预备发各县行政费、警队费等,午前发八县,午后发一县,尚有数县未发。五时余离会,返寓,晚阅报。

十一月廿八日 阴历十月廿六日 星期日

晴。八时半起。九时赴会,今日虽星期日,仍照常到会办公也。昨日原通知今日十时开,但因日本顾问午前未到会,故又延会。三时离会,赴东安市场一游,事变以来第一次至市场也。转至郭仰宗宅访晤,谈一小时余,承交年前托刻石章一对,郭君篆刻虽未至精妙,但轻易不为人奉刀,此两石印由去年托交代刻,又经屡次催促,始能得到,亦难已哉。五时三刻赴撷英番菜馆之宴,盖今晚行政委员会主席及各委员欢宴新旧任县长及日本连络员、宪兵队长。席间朱西苓主席致词,由秦新民县长翻译,宛平县县长雷县长答词,并自作翻译,宾主四十人联欢,至八时余始尽欢而散,即返寓。十二时睡。

十一月二十九日 阴历十月廿七日 星期一

晴。九时半赴会,仍终日乱作一团,总务组主任白浣亭对于处理公务、核阅文件,既无条理,复又门外乱抓乱拉,庸人自扰,对于职分内之事尚且不能自了，仍好兼管他组之事，不知是何用意。关于处理文件手续，余屡次建议办法，无如脑筋太坏，朝允照办，夕又忘却，明日则依然乱作一团矣，实觉无法规谏，且对于公事轻重倒置，认识不清。数日前，北京维持会颁到本会印信一颗，文曰“地方行政委员会钤记”，余以为本会为统辖各县机关，县政府尚且是印，而上级机关反为钤记，事关体制，不可忽视，曾向白君建议商请北京维持会改刊，不料白君颇不重视，因循三日之久，始勉强与朱主席商酌。朱亦主将就启用，容再请换，盖朱白两君根本即不明了印及关防钤记之有分别耳，尤可异者，当余请假赴津之时，由朱主席亲信刘某办稿，呈请京会即是请刊发钤记，总务主任核稿既未看明，主席且亦率尔签行，致有此笑话。此会之无行政经验之人，于此可见。下班后赴李宅，晚饭后拟赴刘宇民宅一谈，因在李宅与孙剑泉谈甚久，未果往。九时返寓，十二时休息。

十一月三十日　阴历十月廿八日　星期二

晴。九时余赴会，总务组依然紊如乱丝，明日拟启用新钤记，至今尚无负责监印人员，至管卷、校对及缮校室负责领导、书记亦均未指定专人。总务主任终日乱派乱跑，毫未顾虑及此根本，亦不知总务组内需要以上专人，所以成立将及一月，各部分专责人员毫未规定。对于处理日行公事，迄无程序，每日除开会乱跑外，即被不关重要来客包围。白君本为议员政客一流人物，又为本地方上人，来访者既多且滥，有客必见，见必常谈，且亦不待号房通报，来客径入办公室，所以办公室变为私人客室，家常闲谈，动费时间，一切应看之公事、待商之公务，殊无机会处理。余鉴于本组监印、管卷、校对等员不容再无正式负责之外，今日办一签呈，以备交白君注意，但竟无时间面交，至五时将下班时，尚有宾客数人待会也。五时三刻始离会返寓，少顷，柏甫来送交廿元，今午向其电话暂借者。留柏甫晚饭，食拾锦火锅，八时余始去。余今日异常疲惫，精神不振，懒于阅书执笔。十一时就寝。傍晚接宏儿来笺、王颐忱来函各一件。

十二月一日　阴历十月廿九日　星期三

阴。九时半赴会，甫出门登车，正值大雪纷飞，顷刻满地，意将必有一场瑞雪降下，不意行至宣武门时，天上渐露日光，雪亦停止。至十一时，忽起狂风，已枯树叶经此大风，纷如雨下，风势终日未息，傍晚气候转寒。昨日所写签请指派各部分负责专人签条，今日于白君甫到办公室之时即面交，请其核夺。渠如梦初醒，尚知重视，正拟执笔下条子，朱主席忽来看见，旋将白拉到别室秘议，遂又搁置。午后为新委涞水县长白云峰任命状事，至京会秘书室接洽，婉催提前将白县长任状于本日发下，盖白等定三日离京赴任也。白名继勉，自称津人，来认同乡，并托随时关照，此君在天津杨敬林任警察厅长时充司法科长多年，有绰号曰小白者，即此君也。五时一刻离会，时北风仍大，腰腿均觉微痛，经休息多时始愈。

十二月二日　阴历十月三十日　星期四

晴。九时半赴会，天气严寒，五时余散值返寓。晚与宏儿写回信，下学期仍令继续在耀华借读，并附复耀华学校一函。

十二月三日　阴历十一月初一日　星期五

晴，仍寒。九时余赴会，午后，大兴县长李仲鲁到会闲谈多时，乔仲维到会相访，十五年前盐务署旧同事也。当传达持片，来回思索久之，不识此人，比及接晤睹貌，忽忆其人为旧友，盖民十一年由盐署分袂后，从未谋面一次也。乔君与刘宇民为学佛道友，亦来谋事者耳。五时半退值，赴李楚卿宅时，凉风刺面，气候严寒。在李宅晚饭，孙剑泉来就谈，伍少芷亦来。九时辞归，拟访王鹤年，电询将要出门而止。十一时半寝。

十二月四日　阴历十一月初二日　星期六

晴，仍寒。九时半赴会，闻良乡县长连仲三升[民]到会言，昨日琉璃河车站铁路被匪掘毁一段，故京汉路发生障碍，又言房山县城昨被红军攻陷，进城有四五百人，该县县长之日本顾问桥本于城破前一二小时逃出，惟县长行踪不明。该县县长项镇安，本县人，前数日来京领行政费及印信，甫返县不久也。五时余出会返寓，饭后往访王鹤年，至其宅，知有客，未入晤谈而返，改赴陈香九宅，谈至十时归。

十二月五日　阴历十一月初三日　星期日

晴。九时半(赴)[起]，早点后，十一时半赴王鹤年中街甲廿五号寓所访谈，托其便中向白浣亭疏解之事，谈至十二时三刻辞归。午饭后两时出门，先至大红罗厂刘宅访宇民，绝口未谈行政委员会事，只听谈佛法各宗教理。四时辞出，至华宾园沐浴理发，七时始毕，即返寓，稍息，进晚餐。近三星期中只今日实行休息，未到会办公，前两星期均到会照常上班工作也。

十二月六日　阴历十一月初四日　星期一

晴。九时半到会，会中当局如朱主席、白主任对于行政经验毫无，笑话百出。今日午前，朱君忽到总务组问，派某视察员赴大、宛、良、房等县调查案件公事是否办出，星期六即交办，计日今日已可以调查完毕，回京报告矣。主任白君闻命之下，惶急万分，经一阵乱抓，将原稿在自己乱纸堆中找出，不待核阅即怆惶交朱判行，饬(记书)[书记]速缮速发，原稿应否核改，主任亦不暇细阅也。此事朱之责备迟误，白之战惊送稿，均属外行之至。盖交办此件为星期六下午五时半散会之后，其时已逾下班时间，虽已发交主办之人，但未批谕速办字样，主办人当然搁置，转日为星期例假，照章不到班办事，今早主稿人将稿办毕，已送至主任核阅，即不为延误公事。若按朱之所说，除非星期六漏夜赶办，星期日照常缮校印发，纵然如此至速，亦须星期日下午始能发出，大、宛、良、房等县虽近，该视察员往返乘坐飞机，今日亦不能返京到会复命也。以堂堂主席说意外之门外汉语，已属无公文常识之至，且白主任受责之下，不加一句辨白，尚露手忙脚乱之丑态，亦似乎公文手续吹气之功可以办毕者也。此两位行政首领居然有此奇谈奇事，真令人从旁哭笑不得者矣。午后办稿三件，五时过始散会。白君交调查员赵某、黄某报告匪情表报，乱忙一番，比经与治安组接洽，始知该组早已办完，下班时间以后，徒代他人忙乱一阵，冤枉之至。白君至今日仍认不清何事应归何组主办，往往将本组职务内之事置之不办，反将他组之事拦在己手，代人处理多时，比经向其告明，再将他组之事移送，昏聩糊涂，可谓绝顶，终日乱忙，不见成绩，而将大好光阴虚掷此等不明职权之中矣。似此领袖，其何能帮，愤闷令人不知如何以处。六时始退值，白君仍高坐办公室，案上簿书乱纸堆积如山，尚不知其何时可以离会也。返寓回思一日经过，懊恼欲绝，若非生计所关，实有不可一日居者。接宏儿来笺，催复学校所问下学期上学事，已于星期六日写家信告知矣。

十二月七日　阴历十一月初五日　星期二

晴。九时半赴会，午后四时通常会散会后，又召集各组职员开会讨论收抚各县土匪、收买枪枝及救济难[民]等项款项，又略讨论田赋征收所用税票等事，六时始散。离会后赴舍饭寺李宅晚饭，饭后略谈。九时返寓，十二时休息。

十二月八日　阴历十一月初六日　星期三

晴。十时始赴会，奉朱主席手条，派各组代理主办六人，每组二人，总务组刘卓然与余，政务组为孙挚哉、郎依山，保安组为钱伯年、赵志强良。除钱君经历无从得知外，其余各人资格、阅历、才力均尚相称，惟余滥竽其中，深以不能胜任为虞。尤其在白浣亭主任之下，其平素办公太无条理，行政经验丝毫无有，恐难以表现成绩，且虑不按规定职权，无法从旁辅助，已乘间与朱、白婉言之，幸白之昏聩溃△，朱所深知，不然实不敢担任也。五时余散值，返寓。晚居停来谈，至九时半始去。濯足后阅报，就寝。

十二月九日　阴历十一月初七日　星期四

晴。昨日主席下条，由今日起，每日早九时到班签到，十时将签到簿呈阅，故今日赶于九时前赴会，到会时为九时一刻矣。今日收文较多，应提会者逐条签拟办法，忙碌一早，至午时，刘卓然拟总务组主办职权及渠与余分管之职务，签呈一件，来征同意，嘱余列衔后转呈白君。午后通常会后，又召集各县人民会，至五时半始散。散会后，候白君将提会各件加批后，余将催速派管卷人员签呈一件面交，又将刘卓然与余会签面交，渠均首肯，但不知何(人)[日]始能实行耳。六时始退值，全会委员职员已无一人矣。晚阅报，南京附近已发生战事，蒋有出走南昌转赴汉口之说，北方新政权近日呼声甚高，有云高泽畲有来京主持说。十一时就寝。

十二月十日　阴历十一月初八日　星期五

晴。八时三刻赴会，十时参加赋税委员会，少顷退席。拟签本日到文两件，因南京指日可下，日顾问嘱办庆祝标语传单数十万份，是出人民团体名义。白君专好办此事，忙乱异常，奉命惟谨，将正当公事付之高阁，散会后，又带来指导各县庆祝计画，微闻某方预备数万元作宣传庆祝费。白公手忙脚乱，派兵遣将，大乱一场，真忠于其事者也。渠既不令余与闻，余亦正不欲与闻耳。委员有七人之多，何以他委不办而白独乐办此事，异哉。五时半离会，白仍赶办庆祝也。闻新政权决于明年新正出现，北京维持会有办理结束之说。

十二月十一日　阴历十一月初九日　星期六

晴。九时赴会，今日到会文不多，亦无专门委员会，惟白等仍忙乱庆祝事。今日各报均大字标题登载南京陷落新闻，《华北日报》并刊专页，据上海十日同盟社电，南京陷落为十日午后一时总攻，夕刻占领各城门云云。北京各机关在日顾问指挥之下，均忙于筹备作扩大庆祝，闻明日各学校亦出而游行，白亦兴高采烈，全力惟诚惟恐办理此事，一切应办公事反置之度外。傍晚勉强代拟代电稿，通令各县与驻军宣抚班商洽筹备同申庆祝之事，并派员赴各县送慰劳民众食盐、糖及庆祝费等语。白之手稿余未代增减一字，闻特务机关对于此事拟拨两万元也。六时将离会，白嘱另拟总务组主办权限，备明日交卷，盖此事经余代刘卓然催促两次，故白不能再压，晚间已与朱商谈矣。六时返寓，晚饭后拟权限单，习行书一页，十一时半寝。

十二月十二日　阴历十一月初十日　星期日

晴。八时半起，昨日通知今日仍照常上班，盖为替日本顾问办庆祝也。但到会后即闻，昨晚特务机关通知各报，今日对于南京陷落事不准刊登，新闻庆祝事亦从缓举行。又闻，南京进城日军有中伏受大损失之说，仍在激战中，故庆祝筹备顿形停止耳。在会午饭后，白君约赴中央公园参观今日举行之书画展览抽彩事。因现在无此闲情，亦无此闲钱，未往。出中南海北门，赴西四华宾园沐浴，五时余浴毕。赴大红罗厂刘宅，至该宅始知，刘宇民已于昨日赴津，约星期二回京。转赴李宅，楚卿未在家，候至七时始归，饥肠已甚，七时余始晚饭，伍少芷、孙剑泉先后至，略谈，九时余先辞归。晚习行书，阅报，十一时半就寝。

十二月十三日　阴历十一月十一日　星期一

晴。八时起，九时赴会。监印派张隽忱，朱西苓之人也，白虽不甚满意,但又不敢拒绝。张尚兼管现金及保管物品,白所荐之会计陈晓芳只管账目,朱白近来对于用人颇有暗斗之意,今日监印、管卷仍未决定负责之人,白之因循误事,殊属出人意表。五时半离会返寓。晚习行书,阅报,十一时寝。

十二月十四日　阴历十一月十二日　星期二

晴。九时赴会,见街上商家、住户一概悬挂五色国旗,传闻今日中华民国新政权成立,新华门前正忙于赶搭彩牌楼。中南海内警探密布,汽车如龙水,绝尘而驰,由新华门入者,过丰泽园而东。据云,新要人集居仁堂开会,及午时飞机散布传单,庆祝中华民国临时政府成立,略云:国民政府不顾东亚之大局,不揣本身之力量,乃冒然与邻邦启衅,遂致节节失败,化全国为焦土,陷民生于涂炭,现在其国都南京已告陷落,该政府不得已而向地方逃窜,政府之机能与形态于是完全丧失,但时至今日,尚不从速反省,不思有以挽救危局,而徒做抗战呼号,毒害国家,残伤民生,其罪大恶极,无可言喻矣。值此千钧一发之危机,所有长者名流以及有识之士,已不可再行坐视,于是集合群思之结果,乃毅然奋起,组织中华民国临时政府,而实现和平之新局面,拯救同胞于水火,铲除党人专制与容共之荼毒,将迈上民国新生之坦途。从兹以始,我中华民众即可永享渴望已久之和平、复甦之幸福矣。吾人今将高呼:全国同胞们,团结起来,拥护我们的中华民国临时政府,中华民(政)[国]临时政府万岁云云。旋见新政府组织大纲,计分议政、行政、司法三委员会,议政委员会委员长汤尔和,秘书厅常委王克敏、朱深、董康、王揖唐、齐燮元,委员江朝宗、高凌霨。行政委员会委员长王克敏,秘书厅行政部长王兼,治安部长齐兼,文教部长汤兼,法制部长朱兼,灾区救济部长王揖唐兼。司法委员会长董康,秘书厅、法院、北京特别市长江朝宗,河北省长兼天津市长高凌霨。

北京维持会方面,今日已门前冷落矣,至行政委员会各委员亦个个丧气游魂，有若失了父母的婴儿。白某已不若前两日之兴高采烈，朱主席委员午后召集各组主办，宣布转告同人安心服务，不要消极，将来本会委员纵有更动，但办事有劳绩之职员尚不致有问题等语，此亦聊以笼络人心之空谈耳。六时返寓，柏甫送廿元来，以资接济。十一月份经费既未核准，京会又结束，不知何日始能发薪耳。

十二月十五日　阴历十一月十三日　星期三

晴。九时赴会，报载临时政府宣言，其文如下：

国民党窃据政柄、欺罔民众者十有余年矣。灾害洊臻，税敛苛毒，内则劫持民生，虐政相踵，外则土地日削，反覆容共，倒行逆施，不顾社稷之将覆，犹且不早悔悟，拾共产唾余，为党[权][1]高于一切之邪说，私国家为己有，遂致构衅邻邦，同种相噬。日以焦土抗战为号召而百战百败，未数月而丧其国都，省市几失其半。夫既自知窳朽，何以轻动干戈，业已备战十年，何以脆弱至此。频年以来，托名于国防而消耗之金钱不知其几，十亿万何莫非吾民之膏血，果使涓滴用于正途，必不致摧枯拉朽至于此极，其中不实不尽，无待钩稽。党人方且标榜清廉，靦不为怪，实则辇金外国，化名存储，已成公开秘密。日倡礼仪廉耻而魑魅魍魉，白昼横行，盘踞要津，荡无法纪，加以钳制舆论，颠倒黑白，广蓄瘈狗，狙杀正人，此又十余年来昭然之事实也。首都既失，犹复不负责任遁逃，不能收拾。嗟我同胞，何所托命。同人（等）习闻，天下兴亡，匹夫有责，询谋佥同，乃于中华民国廿六年十二月十四日于北京树立临时政府。旨在恢复民主国家，湔涤污秽，党治同时，绝对排除共产主义，发扬东亚道义，辑（睡）[睦]世界友

---

[1] 此处缺一“权”字，校本据中华法令编译馆编纂《现行中华民国法令辑览（第1卷中日对译）》，中华法令编译馆，1939年。下同。

邦，开发产业，使民生向上，厘定权责，使中外相安。凡从前政府对外义务，业经公诸国民者，临时政府代负其责。国民党府亟宜悟容共之非，谢罔民之罪，自承失败，引咎下野，是非听诸公断，政权还之吾民。若复高睨大谈，意存掩饰，则陆沉之痛，有非口舌所能尽者。以上所言，皆为国民党政策之错误，国民党中不乏老成硕望，想亦人同此心。吾人初无畛域之见，甚盼诸君惠然肯来，共襄大局，均是(黄炎)[炎黄]子孙，何所用其龃龉，天下本为公器，尤不许有所把持。区区此心，可誓天日。且同人饱经世变，年皆垂暮，久甘淡泊，何所希图，行谊所在，无俟言说。但生为中国人民，不忍坐视神圣河山断送于妄人之手，以故甘冒大难，行其所信。事变略定，我中华民国政治稍有轨道可循，自当联袂引去，以纾罪戾。特此宣言。

会内各委沮丧之像较昨日为甚，白某尤搭然若丧家之犬，屡次促余往高泽老处探询一切。余无法搪塞，于一时半赴居仁堂新临时政府拜谒，高泽老正会日军官三人，在接待室略候，泽老送日客出，余随趋前，在新政府大门前谒见。奉谕即到行辕会谈，遂向北步行至迎春斋行辕投刺，立蒙延见，当将行政委员会内容报告，并请示北京维持会结束后本会无所隶属，将向何处呈报公文。泽老答言，现在诸待草创，概未决定，如有要事，只好先向新行政委会呈报。余谓，委座将来就河北省长新职，十九县既为河北省之十九县，委座不能置之不问，鄙意公事亦应分报。高委长答，你们看着办吧。并将本会章则、职员录、预算书各面呈一份。辞出返会，择略报告白浣亭晋谒经过，又将本会委员名单抄送泽老一份。旋在庶务室见有高二公子书侯名片一份，始悉书侯公子亦随侍来京，当又返迎春斋拜会。据阍者言已外出，留片而回，与书侯已有八九年睽违矣。钱亚民来会，在收发室见之，亚民亦拟拜高泽老，告其行馆所在，并派茶役送去，旋归，未见也。代亚民写上泽老书一件，备晚间往拜，再不遇，留呈也。今日庆祝新政府及庆南京陷落，各机关均放假，午时并在天安门举行庆祝大会，市民及中小学生分队游行，街上行人陡增，各娱乐场及三海、故宫皆开放，戏园半价，甚热闹也。本会未放假。五时赴李楚卿宅，孙剑泉来询新政府成立情形。晚饭后赴刘宇民宅，白浣亭、王鹤年已先到，白自当委员后，久矣不登宇民门，今日忽又拨忙屈尊，因宇民与新贵王叔鲁、高五爷、齐三爷均旧交，故又来请帮忙。宇民表示不欲见高、齐诸新贵，余劝其往高五爷处一拜，并告其，今午谒高时，已向高泽老报告宇民已由津返京，并转高语请其到行馆一谈也。经余再四怂恿，宇民始偕王鹤年前往，余及白在其寓坐候。十时返，闻王言，高意约宇民帮忙也。十一时，余先辞出，向其要杨伯庐山水画一幅，到寓已十二时，略用点心。二时余始寝。

十二月十六日　阴历十一月十四日　星期四

晴。九时起，十时余赴会，闻高五爷已于十时三刻赴津矣。午后开通常会，据日顾问粟屋表示，明日北京维持会虽结束，本会有请示事项，径呈特务机关云云。日本人可以如此说，中国委员不可如此作，否则行政委员会不免有失中国机关立场耳。但默察委员中，颇有不少欲倚仗日人势力争权恋位不择手段者。五时余返寓，疲惫异常，晚饭后接刘宅电话，请余明早八时至其宅代写挽联。九时余即睡。

十二月十七日　阴历十一月十五日　星期五

狂风，甚寒。九时与刘宇民通电话，告其余书自觉甚恶，不能代写挽联，可以转代烦友人书写，允之。即赴大红罗厂取挽联及墨汁，遂出，赴老菜街七号访孟竹盦，面托请其代刘宇民书挽班禅大师联一付。余为伸纸帮忙，亲看其写毕。十一时半始到会。晚凉气砭骨，遂归。与宋旭初兄写信，请其代向高书侯公子致歉意，盖书侯前者随侍高委员长莅京，未及拜会也。

十二月十八日　阴历十一月十六日　星期六

晴寒。到会后，见财政监理处公函，谓本会十一月份预算已核定，总数仍为七千六百五十一元，与原造预算书未变更也。本会顾问滨本一人调回南满铁路株式会社服务，今日分发各处辞别函，白某向倚滨本为靠山，因其对于滨本数月来言听意从，恭顺备至，滨本亦喜其驯从，故得以滥竽委员，今冰山已倒，不知白某心中如何难过。北京维持会近日仍有不结束之谣传，但今日已证实，实行停止收发文件，宣布结束矣。五时离会返寓，拟出门访宇民，旋因身体疲惫而止。与茹贞写家信，报告将来或须回津，嘱其物色住房，又拟与高省长书稿一件，发否待酌。十二时就寝。

十二月十九日　阴历十一月十七日　星期日

晴，有风，气候甚寒。今日为阿弥陀佛诞辰，午前焚香，诵《阿弥陀经》一卷，佛号一百声，茹素一日。午后三时余赴会，各办公室均锁，茶役亦出，取报两份即出。此为近月余来第一次实行星期例假也。赴舍饭寺李宅，楚卿未在家，在其宅账房暂借十元而出，至骡马市购物，用四元八角，时寒风凛冽，急归。晚接宏儿来笺，言大嫂来家，与其母亲商为余进行省银行事，立写复回信一封，并与慕韩写信一件，未毕。室内炉火熊熊，而华氏表仅四十余度，十二时寝。

十二月廿日　阴历十一月十八日　星期一

晴，由夜狂风，至今日未息，天气严寒，为入冬未曾有者也。九时三(时)[刻]赴会。报载，高泽老已于昨晚返京，新政府各委员会及各部均已组织，高五爷在津已就市长职，并在市府附设省长公署筹备处云云。本会各委员仍在徘徊歧路之际，各人单独行动，到处钻营，朱、宁尤甚，而白自己既无处可钻，而又忌人钻，且官瘾甚大，既无人力，又无本领，可笑亦复可怜。闻政务组宁夔扬今日对于本会前途有提案，恐各委同床各梦，无结果可言也。白下午始到会，本日到文稿件均未看，到会后即匆匆出席常会，下会后即匆匆出会赴饭局，来去匆匆，真莫名其妙耳。

傍晚钱亚民来访，谈其个人晤高公结果及进行活动情形，余代为画策不少，并托其晤高书侯时代为疏解前日往访之事。五时半返寓，风已息，饭后与慕韩写长函，明日可发。十二时睡。

十二月廿一日　阴历十一月十九日　星期二

晴，天气已较前昨两日为朗爽。九时余赴会，本会十一月份经费已发到，共计七千六百五十一元，职员、公役服务一个月又廿余日，尚未领到分文薪津，现在本会又将结束，同人盼望甚殷。余遂指导会计员赶办发薪手续，惟职员月支薪津至今尚未批定，并嘱会计造册请示批示。但白总务组主任正抱采薪，未曾到会，经电话请来，尚有其他要事也，比将职员薪水册送其转送主席核定，又将原册搁置，殊无转商之意。而职员既已周知经费领到，主席又屡次催要职员名册，而不知白某心怀何意，将册扣置不送，回寓医病。全体职雇员、夫役薪工今日不能照发，完全耽搁白某之手，其招怨挨骂实属不免。余遂赶至门外，将册要去，呈送主席批示。四时已先将夫役、雇员批定，职员今日批定，明日亦可照发矣，再延迟不办之职员委任状，今日已填发矣。三时往迎春斋访高二公子书侯，当蒙延见，欢然道故之余，密谈行政委员会及各委员事，书侯一二日尚须赴津一次，拟俟其返京再邀其吃饭。四时半回寓，写挽班禅联。晚饭后，赴华宾园沐浴，购李施德霖药水一瓶，购九角。午后左下牙床忽肿，晚在澡塘用药水漱两次，立见奇效。十一时前回寓。

十二月廿二日　阴历十一月廿日　星期三

晴。九时半赴会，白因病未到会，宁夔扬约余到政务组，商本会进行直隶行政会事，又闻河北省全省分四大区，一京兆，二渤海，三保定，四大名，报纸已登载。午后发十一月份廿二日截日薪水，实领一百元零一角。本日未开通常会，顾问亦未到会。五时赴李楚卿宅，取烦朱壶山代写篆书挽班禅联，文曰：翊戴华夏，宣化西陲，法雨曾施三竺地；驻锡旧京，涅槃玉树，云车今返大罗天。为同事徐耕云代拟也。今日又见白、宁、王、朱诸委员挽词：佛日崦嵫，天人悲痛；本誓不舍，乘愿再来。盖上联用通启原语也。六时余返寓，晚饭卓月波来，烦代复罗巹生一函，居停来谈，十一时始去。

人 名 索 引

凡例

1. 本索引是《雪龛日记》(以下简称《日记》)正文中主要人物姓名及字号的索引。

2. 本索引以姓名为查阅主题,每一个人物姓名列为检索条目,姓名之后括注《日记》中出现的字、号、别名、习称、昵称、官称、简称及其他代表人物的称谓,按条目音序排列。

3. 凡《日记》中未出现字号者,以人名为检索条目;凡《日记》中仅出现字号者,尽量检出姓名列为条目;凡《日记》中出现的称谓未能确定其名、字、号,或暂未考知其名者,径列为检索条目,部分能够确定其身份的人物关系,以引号括入标明。

4. 索引条目后所列数字为该人物在《日记》中出现的月日(以公元纪年为准,因《日记》时间区间为1937年2月6日到12月22日,故数字中不标年份,仅标月日)。

《中国近现代稀见史料丛刊》已出书目

第一辑

莫友芝日记
汪荣宝日记
翁曾翰日记
邓华熙日记
贺葆真日记
徐兆玮杂著七种
白雨斋诗话
俞樾函札辑证
清民两代金石书画史
扶桑十旬记(外三种)

第二辑

翁斌孙日记
张佩纶日记
吴兔床日记
赵元成日记(外一种)
1934—1935中缅边界调查日记
十八国游历日记
潘德舆家书与日记(外四种)
翁同爵家书系年考
张祥河奏折
爱日精庐文稿
沈信卿先生文集
联语粹编
近代珍稀集句诗文集

第三辑

孟宪彝日记
潘道根日记
蟫庐日记(外五种)
王癸避难日志　辛卯年日记
嘉业堂藏书日记抄
吴大澂书信四种
赵尊岳集
贺培新集
珠泉草庐师友录　珠泉草庐文录
校辑民权素诗话廿一种

第四辑

江瀚日记
英轺日记两种
胡嗣瑗日记
王振声日记
黄秉义日记
粟奉之日记
王承传日记
唐烜日记
王锺霖日记(外一种)
翁同龢家书诠释
甲午日本汉诗选录
达亭老人遗稿

第五辑

袁昶日记
吉城日记
有泰日记
额勒和布日记
孟心史日记·吴慈培日记
孙毓汶日记信稿奏折(外一种)
高等考试锁闱日录
东游考察学校记
翁同书手札系年考
辜鸿铭信札辑证
郭则沄自订年谱
庚子事变史料四种(外一种)
《申报》所见晚清书院课题课案汇录
近现代“忆语”汇编

第六辑

江标日记
高心夔日记
何宗逊日记
黄尊三日记
周腾虎日记
沈锡庆日记
潘钟瑞日记
吴云函札辑释
新见近现代名贤尺牍五种
稀见淮安史料四种
杨懋建集
叶恭绰全集
孙凤云集
贺又新张度诗文集
王东培笔记二种